Nasreddin Hoca'dan
En İyi Fıkralar

Die besten Geschichten von
Nasreddin Hodscha

Tapferer Alltagsheld, Schlitzohr und Querdenker – um Nasreddin Hodscha ranken sich zahllose Anekdoten und Geschichten, die über Jahrhunderte hinweg mündlich weitergegeben wurden und nicht nur in der Türkei bei Kindern und Erwachsenen beliebt sind. Pointenreich berichten sie von Nasreddins Kampf mit den Problemen des Alltags in einer Welt, in der er sich mit Schlagfertigkeit, Witz und Schläue behauptet.
In einfacher Sprache erzählt Celal Özcan die bekanntesten und beliebtesten Nasreddin-Hodscha-Geschichten. Sie enthalten die Quintessenz eines subversiven Humors, der in der Türkei nicht zuletzt im Genre der Karikatur und der literarischen Satire eine lange Tradition hat.

Nasreddin Hoca'dan
En İyi Fıkralar

Die besten Geschichten von
Nasreddin Hodscha

Erzählt von Celal Özcan
Übersetzt von Rita Seuß
Illustriert von Ina Seeberg

dtv

Von Celal Özcan und Rita Seuß sind
bei dtv lieferbar
Türk Atasözleri. Türkische Sprichwörter
Türkçe Okuma Kitabı. Erste türkische Lesestücke

MIX
Papier | Fördert gute Waldnutzung
FSC® C019821

Originalausgabe 2014
7. Auflage 2025

Umschlagkonzept: Balk & Brumshagen
Umschlagbild: Medi Belortaja / toonpool.com
Satz: Greiner & Reichel, Köln
Druck und Bindung: Druckerei C.H.Beck, Nördlingen
Printed in Germany · ISBN 978-3-423-09521-1

Nasreddin Hoca'dan
En İyi Fıkralar

·

Die besten Geschichten von
Nasreddin Hodscha

BİNDİĞİN DALI KESME

Hoca bir gün bir ağaca tırmanıp üstüne oturduğu dalı kesmeye başlar.

O sırada aşağıdan geçmekte olan biri bunu görür ve Hoca'ya seslenir: «Hey Hoca, ne yapıyorsun sen? Bindiğin dalı kesiyorsun. Şimdi düşeceksin.»

Hoca hiç aldırmayıp kesmeye devam eder. Az sonra dal kırılır ve Hoca dalla birlikte aşağı düşer.

Hoca'yı uyaran adam, gülerek «Ya Hoca, sana söyledim ben. Bak şimdi gördün işte» der.

Perişan halde yerde yatan Hoca: «Madem düşeceğimi bildin. Ne zaman öleceğimi de bilsene ya» der.

ON AKÇE VER

Hoca derin uykudayken, rüyasında biri kendine dokuz akçe verir.

Hoca: «Dokuz tek sayı, on akçe ver» diye pazarlığa tutuşur.

Ama rüyasındaki kişi: «Yok olmaz, dokuz akçeden fazla vermem» der.

Hoca inatlaşıp pazarlığa devam ederken, uyanır. Avcunda hiç para olmadığını gören Hoca, hemen gözlerini yumup elini uzatır: «Tamam tamam, dokuz akçeye razıyım» der.

MAN SÄGT DEN AST NICHT AB, AUF DEM MAN SITZT

Eines Tages klettert der Hodscha auf einen Baum und beginnt an dem Ast zu sägen, auf dem er sitzt.

Einer, der unten vorbeigeht und ihn sieht, ruft zu ihm hinauf: «He, Hodscha, was machst du denn da? Du sägst ja den Ast ab, auf dem du sitzt. Gleich wirst du runterfallen.»

Doch der Hodscha sägt unbeirrt weiter. Wenig später bricht der Ast ab, und mit dem Ast fällt auch der Hodscha herunter.

Der Mann, der den Hodscha gewarnt hat, lacht und sagt: «Siehst du, Hodscha, hab ich es dir nicht gesagt?»

Kläglich am Boden liegend, erwidert der Hodscha: «Du hast gewusst, dass ich runterfalle, jetzt sag mir, wann ich sterben werde.»

GIB MIR ZEHN ASPER*

Im Tiefschlaf träumt der Hodscha, dass ihm jemand neun Asper gibt.

Der Hodscha will mehr herausholen: «Neun ist eine ungerade Zahl», sagt er, «gib mir zehn.»

Doch der Mann im Traum sagt: «Nein, mehr als neun Asper bekommst du nicht.»

Der Hodscha lässt nicht locker und feilscht weiter. Da wacht er auf. Als er sieht, dass seine Hand leer ist, kneift er schnell die Augen zusammen, streckt die Hand aus und ruft: «Schon gut, ich bin auch mit neun einverstanden.»

* akçe, Silbermünze des Osmanischen Reichs

ALLAH'IN RAHMETİ

Hoca yağmurlu bir havada pencerenin kenarında oturuyordur. Dışarıda komşusu Ali Efendi'nin ıslanmamak için yağmurdan koşa koşa kaçtığını görür.

Hoca, pencereyi açıp Ali Efendi'ye arkasından seslenir: «Ali Efendi, rahmetten kaçılır mı? Sen bir de hacı olacaksın.»

Zavallı komşu Ali Efendi koşmayı bırakır ve yağmurdan sırılsıklam olur.

Bir başka gün de Hoca yağmurdan kaçarken, Ali Efendi görür ve Hoca'ya: «Hoca Hoca, sen bana rahmetten kaçılır mı diyordun. Şimdi sen kaçıyorsun» der.

Hoca hiç aldırmadan koşmaya devam eder ve «Ben rahmetten kaçmıyorum ki, sadece Allah'ın rahmetine basmamaya çalışıyorum» der.

DER SEGEN GOTTES

An einem regnerischen Tag sitzt der Hodscha am Fenster und beobachtet, wie sein Nachbar Ali Efendi durch den Regen rennt, um nicht nass zu werden.

Der Hodscha öffnet das Fenster und ruft ihm nach: «Herr Nachbar, man läuft doch vor dem Segen Gottes nicht davon. Noch dazu willst du nach Mekka.»

Der arme Nachbar Ali Efendi verlangsamt seine Schritte und wird patschnass.

An einem anderen Tag beobachtet Ali Efendi, wie der Hodscha durch den Regen rennt. «Hodscha, Hodscha», sagt er zu ihm, «mich hast du ermahnt, nicht vor dem Segen Gottes wegzulaufen, und jetzt tust du es selbst.»

Doch der Hodscha rennt weiter und sagt: «Ich fliehe nicht vor dem Segen Gottes, ich passe auf, dass ich ihn nicht mit Füßen trete.»

TEK AYAKLI NAMAZ

Hoca namaz kılmak için camiye gider ve abdest alırken, ikinci ayağına su yetmez.

Tek ayağını yıkayamadan camiye girer ve yıkadığı tek ayak üzerinde namaza durur.

Bunu gören cemaat: «Hocam, bu nasıl namaz böyle» diye takılır.

Hoca: «Ee, bu bir ayağı abdestsiz namaz» der.

BALIK DÜŞTÜ

Hoca bir gün karısıyla balık yemeye bir restauranta gider. Vitrinden kalkan balığı seçerler ve balık pişinceye kadar meze siparişi verirler.

Hoca'yla karısı mezeleri yedikten sonra balığı beklerken, restaurant sahibi ezile büzüle yanlarına gelir: «Hocam, çok özür dileriz. Sizin balığı garson getirirken, düşürdü. Aynı balıktan

GEBET AUF EINEM BEIN

Der Hodscha geht zum Gebet in die Moschee, doch bei der rituellen Waschung reicht das Wasser nur für einen Fuß.

Mit dem ungewaschenen Fuß begibt er sich in die Moschee und verrichtet das Gebet auf einem Bein.

Als die Leute ihn so sehen, verspotten sie ihn: «Was für ein Gebet soll das denn sein, lieber Hodscha?»

«Tja, das ist ein Gebet mit einem ungewaschenen Fuß», gibt der Hodscha zurück.

DER FISCH IST RUNTERGEFALLEN

Eines Tages geht der Hodscha mit seiner Frau zum Essen in ein Restaurant. Sie wählen einen Steinbutt aus der Vitrine und bestellen dazu mehrere Vorspeisen.

Als der Hodscha und seine Frau mit den Vorspeisen fertig sind und auf den Fisch warten, kommt der Wirt an ihren Tisch und sagt ganz zerknirscht: «Lieber Hodscha, ich bitte vielmals um Entschuldigung. Als der Kellner den Fisch an Euren Tisch

daha yok. Size başka balık yaptırayım mı» diye sorar.

Hoca hem ucuz olsun diye hem de daha fazla beklememek için: «Hayır, gerek yok. Bizim hesabı getir» der.

Hesap yüksek gelir. Hoca hesabın yarısını kutuya koyar ve garsona verir.

Hesabın yarısının eksik olduğunu gören garson: «Hoca, yanlış okudunuz galiba. Bu para hesabın yarısı» der.

Hoca: «Yok, yanlış okumadım. Buraya gelirken, yolda paranın yarısı düşmüş de onun için» cevabını verir.

İPE UN SERMEK

Nasreddin Hoca'nın bencil bir komşusu vardır, devamlı Hoca'dan bir şeyler ister.

Komşusu bir gün yine kapıyı çalar ve ip ister. İpi vermeye istekli olmayan Hoca bir bahane uydurur: «Sen kapıda dur, ben içeri girip karıma sorayım» der.

Biraz sonra geri dönen Hoca: «Benim hatun ipe un sermiş. İp boş değil» der.

Bu cevaba şaşıran komşusu: «Hoca, öyle bir yalan söyle ki, herkes inansın. Hiç ipe un serilir mi» diye sorar.

Hoca gülümseyerek: «Vermek istemeyince, serilir» der.

bringen wollte, ist er ihm runtergefallen. Steinbutt ist aus. Darf ich Euch einen anderen Fisch zubereiten lassen?»

Um billiger wegzukommen und gleichzeitig nicht noch länger zu warten, sagt der Hodscha: «Nein, das ist nicht nötig. Bring uns die Rechnung.»

Die Rechnung ist hoch. Der Hodscha legt die Hälfte des Betrags in die Schatulle und gibt sie dem Kellner.

Als der Kellner sieht, dass die Hälfte des Geldes fehlt, sagt er: «Wahrscheinlich habt Ihr Euch verlesen, Hodscha. Das ist nur die Hälfte des Rechnungsbetrags.»

«Nein», erwidert der Hodscha, «ich habe mich nicht verlesen. Auf dem Weg hierher ist die Hälfte meines Geldes verloren gegangen, deswegen.»

MEHL AN DIE WÄSCHELEINE HÄNGEN*

Nasreddin Hodscha hat einen Nachbarn, der sehr auf seinen Vorteil bedacht ist und ständig etwas von ihm braucht.

Eines Tages klopft der Nachbar wieder bei ihm und bittet um eine Wäscheleine. Doch der Hodscha möchte sie ihm nicht geben und sucht eine Ausrede: «Warte mal kurz, ich geh schnell rein und frag meine Frau.»

Wenig später kommt er zurück und sagt: «Meine Frau hat Mehl an die Wäscheleine gehängt, wir brauchen sie selber.»

Verwundert über diese Antwort, sagt der Nachbar: «Hodscha, lüg so, dass man es dir glauben kann. Man hängt doch kein Mehl an eine Wäscheleine.»

Darauf der Hodscha lächelnd: «Wenn man sie nicht hergeben will, schon.»

* Die türkische Redewendung bedeutet «eine Ausrede suchen», «Ausflüchte machen».

YIRTIK KEFEN

Hoca ölüm döşeğinde yatarken, çocuklarını başına toplar: «Size bir vasiyetim var. Ama bunu yerine getireceğinize söz verin» der.

Çocuklar söz verirler.

Hoca: «Ben ölünce, sakın yeni mezar açtırmayın. Kefenim de yırtık olsun» der.

Çocuklar şaşırır: «Neden böyle bir şey istiyorsun bizden baba» diye sorarlar.

Hoca: «Çünkü melekler geldiğinde, onları benim sorgum yapıldı diye atlatırım» cevabını verir.

ALLAH BİLİYOR

Nasreddin Hoca bir gün bir tanıdığına misafir olur. Adam cimri biridir ve Hoca'ya kuru ekmek ve bir tabak bal ikram eder.

Hoca kuru ekmeği dişi kesmeyince, başlar balı kaşıkla içmeye.

Cimri ev sahibi bunu görünce, gözleri dışarı fırlar: «Balı kaşıkla içersen, insanın içini sıyırır» der.

Hoca hiç sesini çıkarmadan balı bitirinceye kadar kaşıklamaya devam eder ve «Allah biliyor kimin içinin sıyrıldığını» cevabını verir.

KÜÇÜK KIYAMET, BÜYÜK KIYAMET

Karısı bir gün Hoca'ya sorar: «Sen alim adamsın. Kıyamet ne zaman kopacak?»

Hoca: «Sen öldüğünde küçük kıyamet, ben öldüğümde de büyük kıyamet kopacak» der.

DAS ZERRISSENE LEICHENTUCH

Auf dem Sterbebett versammelt der Hodscha seine Kinder um sich: «Ich habe einen letzten Wunsch, und ihr müsst mir versprechen, dass ihr ihn mir erfüllt.»

Die Kinder geben ihm ihr Wort.

«Wenn ich tot bin», sagt der Hodscha, «legt mich nicht in ein neues Grab. Und wickelt mich in ein zerrissenes Leichentuch.»

Erstaunt fragen die Kinder: «Aber warum verlangst du so etwas von uns, Papa?»

«Wenn die Engel kommen», erwidert der Hodscha, «kann ich sie abwimmeln und sagen, dass ich schon befragt worden bin.»

GOTT WEISS ES

Einmal ist Nasreddin Hodscha bei einem Bekannten zu Gast. Der Mann ist ein Geizkragen und bietet dem Hodscha nur trockenes Brot und einen Teller Honig an.

Das Brot ist so hart, dass der Hodscha es nicht beißen kann, und so fängt er an, den Honig mit dem Löffel zu essen.

Als der geizige Gastgeber das sieht, reißt er die Augen auf. «Wenn du den Honig mit dem Löffel isst, wird er dir nicht gut bekommen», warnt er.

Wortlos löffelt der Hodscha den Teller Honig aus, dann sagt er: «Gott weiß, wem er nicht gut bekommt.»

KLEINER WELTUNTERGANG, GROSSER WELTUNTERGANG

Eines Tages wird der Hodscha von seiner Frau gefragt: «Du bist doch ein Gelehrter. Sag, wann geht die Welt unter?»

Darauf der Hodscha: «Wenn du stirbst, ist der kleine Weltuntergang, wenn ich sterbe, der große.»

ACEMİ BÜLBÜL

Hoca, komşusunun bahçesinde sallanan sarı, sulu armutları görünce, ağzı sulanır. Dayanamayıp bahçeye girer, ağaca tırmanıp armutları yemeye başlar.

Tam bu sırada bahçe sahibi gelmez mi. Zor durumda kalan Hoca, şaşkınlık içinde başlar bülbül gibi ötmeye.

Bahçenin sahibi: «Hey Hoca, ne yapıyorsun sen yukarda» diye seslenir.

Hoca hırsızlık yaptığını söyleyemez ya. «Ben bülbülüm» deyip cırlak sesiyle bülbül gibi ötmeye devam eder.

Bahçe sahibi: «Bülbül hiç böyle öter mi» der.

Hoca: «Bu acemi bülbül» der.

DIE UNERFAHRENE NACHTIGALL

Als der Hodscha die gelben, saftigen Birnen im Garten seines Nachbarn sieht, läuft ihm das Wasser im Mund zusammen. Er kann einfach nicht widerstehen. Er geht hinein, klettert auf den Baum und lässt sich die Birnen schmecken.

Da taucht der Besitzer des Gartens auf. Eine peinliche Situation für den Hodscha. Er weiß sich keinen Rat und versucht, wie eine Nachtigall zu singen.

«He, Hodscha», ruft der Gartenbesitzer, «was machst du denn da oben?»

Der Hodscha kann natürlich nicht zugeben, dass er gestohlen hat. «Ich bin eine Nachtigall», sagt er und versucht, mit krächzender Stimme weiter wie eine Nachtigall zu singen.

«Das soll eine Nachtigall sein?», fragt der Gartenbesitzer.

«Es ist eine Anfängerin», erwidert der Hodscha.

YE KÜRKÜM YE

Hoca'nın bir komşusu evinde ziyafet verir ve yemeğe Hoca'yı da davet eder.

Hoca davete eski elbiseleriyle gider. Yemekte çok davetli vardır, ama Hoca'yla kimse ilgilenmez. Hoca bu duruma çok sinirlenir ve hemen eve koşup yakası kürklü kaftanını giyer gelir.

Bu sefer herkes Hoca'yı ayakta karşılar ve «Ooh Hoca, hoş geldin. Buyur otur» diye baş köşeye oturtur.

Sofrada baş köşeye kurulan Hoca, kaftanının yakasındaki kürkü gösterip: «Ye kürküm ye» der.

ŞÜKÜRLER OLSUN

Hoca bahçede çalışırken, yorulur ve ceviz ağacının gölgesine uzanır. Ağaçtaki cevizleri görünce: «Şu Allah'ın işine de akıl sır ermiyor. Bir şu kocaman ağacın küçük meyvesine bak. Bir de şu küçük kabak dalının kocaman meyvesine. Hiç uyum var mı» diye düşünür.

GREIF ZU, MEIN PELZ, GREIF ZU!

Ein Nachbar gibt ein festliches Essen, zu dem auch der Hodscha eingeladen ist.

Der Hodscha ist nicht besonders elegant gekleidet. Eine große Festgesellschaft hat sich versammelt, aber niemand beachtet ihn. Das ärgert ihn sehr, und er eilt nach Hause, um seinen Kaftan mit dem Pelzkragen anzuziehen.

Diesmal stehen alle auf, um ihn zu begrüßen, und er wird mit größter Ehrerbietung ans Kopfende der Tafel geleitet.

Nachdem er dort Platz genommen hat, packt er seinen Pelzkragen und sagt: «Greif zu, mein Pelz, greif zu!»

GOTT SEI DANK

Bei der Gartenarbeit wird der Hodscha müde und legt sich in den Schatten des Nussbaums. Als er die Walnüsse am Baum erblickt, denkt er: «Wie soll ich bloß aus Gottes Schöpfung schlau werden. Da ist dieser mächtige Baum, dessen Früchte ganz klein sind. Und dann dieser dünne Stängel, an dem ein riesiger Kürbis wächst. Das passt doch nicht zusammen.»

Tam bu sırada yukardan bir ceviz Hoca'nın alnına düşer.

Hoca birden yerinden fırlar: «Tanrım sana şükürler olsun. İyi ki kabak ceviz ağacında yetişmiyor. Yoksa ne olurdu benim halim» der.

KAZAN DOĞURDU

Hoca komşusundan bir kazan ödünç alır. İşini bitirdikten sonra Hoca kazanı komşusuna geri verir ve içine bir tencere koyar.

Komşusu kazanın içinde tencere olduğunu görünce şaşırır: «Hoca, bu tencere de ne» diye sorar. Hoca: «Senin kazan doğurdu» der.

Komşusu buna çok sevinir ve «Hoca, her zaman kazanı ödünç alabilirsin» der.

Bir süre sonra Hoca yine kazana ihtiyaç duyar ve komşusuna gidip kazanı yeniden ister. Komşusu kazanı hemen mutfaktan getirip Hoca'ya verir.

Aradan uzun zaman geçer, Hoca bir türlü kazanı geri getirmez. Komşusu, Hoca unuttu galiba diye gidip kapısını çalar. Biraz da çekinerek: «Hoca, bir süre önce bir kazan ödünç almıştın. Kazan bize de lazım oldu da» der.

Hoca, sakalını kaşıyarak: «Sorma, komşu. Senin kazan öldü» der.

Komşusu: «Olur mu Hoca, kazan hiç ölür mü» diye sorar.

Hoca, bıyık altından gülerek: «Kazanın doğurduğuna inanıyorsun da öldüğüne niye inanmıyorsun» der.

In dem Moment fällt eine Walnuss vom Baum und trifft den Hodscha mitten auf die Stirn.

Da springt er auf und ruft: «O mein Gott, ich danke dir. Wie gut, dass auf diesem Nussbaum keine Kürbisse wachsen. Was wäre wohl sonst mit mir passiert?»

DER KESSEL HAT EIN JUNGES BEKOMMEN

Der Hodscha hat sich von seinem Nachbarn einen Kessel geliehen. Als er ihn nicht mehr braucht, gibt er ihn zurück, stellt aber einen kleinen Topf hinein.

Als der Nachbar erstaunt fragt, was das bedeute, erwidert der Hodscha: «Dein Kessel hat ein Junges bekommen.»

Der Nachbar ist hocherfreut. «Du kannst dir jederzeit meinen Kessel ausleihen, Hodscha», sagt er.

Einige Zeit später braucht der Hodscha den Kessel abermals, und er geht zu seinem Nachbarn, um ihn sich erneut zu leihen. Der Nachbar eilt in die Küche und holt ihm den Kessel.

Die Zeit vergeht, aber der Hodscha bringt den Kessel nicht zurück. Im Glauben, er habe es vergessen, klopft der Nachbar beim Hodscha an. Erst druckst er ein bisschen herum, aber schließlich sagt er: «Hodscha, du hast dir vor einiger Zeit meinen Kessel geliehen, wir brauchen ihn jetzt selber.»

Da kratzt sich der Hodscha den Bart und sagt: «Frag nicht, Nachbar. Dein Kessel ist leider gestorben.»

«Wie kann es sein, Hodscha, dass ein Kessel stirbt?», fragt der Nachbar.

Der Hodscha lächelt in seinen Bart hinein und antwortet: «Du glaubst, dass ein Kessel Junge bekommt, warum glaubst du dann nicht, dass er sterben kann?»

MAVİ BONCUK

Hoca'nın iki karısı vardır. Hoca ikisine de ayrı ayrı birer mavi boncuk hediye eder: «Sakın bu boncuğu sana hediye ettiğimi ötekine söyleme» diye tembihler.

Bir gün iki kadın Hoca'yı sıkıştırır: «Söyle bakayım Hoca, hangimizi daha çok seviyorsun?»

Hoca: «Mavi boncuk kimdeyse, benim gönlüm ondadır» der.

ADAM OLMANIN YOLU

Hoca'ya bir gün sorarlar: «Adam olmanın yolu nedir?»

Hoca: «Bilenler konuşurken, söyleneni can kulağıyla dinlemek. Bilmeyenler konuşurken, susturmanın yollarını aramak.»

DIE BLAUE PERLE

Der Hodscha hat zwei Frauen. Jeder der beiden schenkt er eine blaue Perle. «Sag der anderen nicht, dass ich dir diese Perle geschenkt habe», beschwört er sie.

Eines Tages bedrängen ihn die beiden Frauen: «Hodscha, sag, wen von uns beiden liebst du mehr?»

«Mein Herz gehört derjenigen, die die blaue Perle besitzt», erwidert der Hodscha.

WIE MAN EIN MENSCH WIRD

Einmal wird der Hodscha gefragt: «Wie wird man ein Mensch?»

«Indem man den Wissenden genau zuhört und Wege sucht, die Unwissenden zum Schweigen zu bringen», erwidert der Hodscha.

MUM IŞIĞIYLA YEMEK

Hoca'nın arkadaşları soğuk bir kış günü Hoca'yla iddiaya girerler. Eğer Hoca bu soğukta tüm gece dışarda kalabilirse, arkadaşları onu yemeğe davet edecektir. Ama Hoca başaramazsa, arkadaşlarını ziyafet çekecektir.

Hoca tamam der ve gece soğukta sabaha kadar dışarda bekler.

Sabah olunca, arkadaşları gelir. Hoca: «Çok soğuktu. Az kalsın donacaktım» der.

Hoca'nın hiç ısınmadan dışarda soğuğa dayandığına inanmayan arkadaşları: «Yanında ısınacak hiçbir şey yok muydu gerçekten» diye sorarlar.

Hoca: «Yoktu. Sadece karşı binada bir mum ışığı yanıyordu» cevabını verir.

İddiayı kaybetmek istemeyen arkadaşları: «Olmaz Hoca. Sen o zaman o mum ışığıyla ısınmışsın. İddiayı kaybettin» derler.

Hoca, yok, hayır dese de arkadaşlarını ikna edemez.

İddiayı kaybettiğini kabul eder ve arkadaşlarını eve yemeğe davet eder. Hoca evin tavanına demir bir askıya kazanı asar. Kazanın altına bir mum yakar.

Arkadaşları: «Hoca, bu da ne böyle» derler.

Hoca taşı gediğine koyar: «Size yemek pişiriyorum» der.

Arkadaşları: «Ama Hoca, hiç bu mum ışığı kazanı ısıtır mı» diye karşılık verirler.

Hoca: «Sizi gidi kurnazlar. Bir evde yanan mumun beni dışarda ısıtacağına inanıyorsunuz da, bu mumun kazandaki yemeği ısıtacağına niye inanmıyorsunuz» der.

KOCHEN MIT EINER KERZENFLAMME

An einem kalten Wintertag schließen die Freunde des Hodscha eine Wette mit ihm ab. Wenn es der Hodscha schafft, bei dieser Kälte die ganze Nacht im Freien zu bleiben, wollen sie ihn zum Essen einladen. Wenn er aber verliert, muss er die Freunde einladen.

Der Hodscha ist einverstanden und harrt die ganze Nacht in der Kälte aus.

Am nächsten Morgen kommen seine Freunde. «Es war sehr kalt», sagt der Hodscha. «Ich wäre fast erfroren.»

Die Freunde glauben ihm nicht, dass er es die ganze Nacht draußen ausgehalten hat, ohne sich aufzuwärmen. «Hast du wirklich nichts zum Wärmen gehabt?», fragen sie.

«Nein», erwidert der Hodscha. «Nur im Haus gegenüber brannte eine Kerze.»

Um die Wette nicht zu verlieren, sagen die Freunde: «Das gilt nicht, Hodscha. Du hast dich an dieser Kerze gewärmt und damit die Wette verloren.»

Obwohl der Hodscha widerspricht, schafft er es nicht, seine Freunde zu überzeugen.

Schließlich gibt er sich geschlagen und lädt die Freunde zu sich nach Hause zum Essen ein. Er hängt einen Kochtopf an einen eisernen Haken an der Decke und zündet unter dem Topf eine Kerze an.

«Was ist das, Hodscha?», fragen die Freunde.

Jetzt zahlt der Hodscha es ihnen heim. «Ich koche für euch», antwortet er.

«Aber Hodscha», sagen die Freunde, «wie in aller Welt kann die Flamme einer Kerze einen Topf erwärmen?»

«Ihr Oberschlauen. Ihr glaubt, dass ich mich an einer Kerze in einem Haus gewärmt habe, als ich im Freien war. Warum glaubt ihr dann nicht, dass diese Kerze den Topf erwärmt?»

AY KUYUYA DÜŞMÜŞ

Bir gece Hoca evinin bahçesindeki kuyudan su çekmek ister. Kuyuda ayın yansımasını görünce: «Eyvah, ay kuyuya düşmüş» deyip karısını çağırır.

Hoca kuyudan ayı çıkarayım diye kovayı kuyuya daldırıp daldırıp çıkarır. Kova kuyuda bir yere takılınca, Hoca ayı yakaladığını düşünür ve tüm gücüyle asılır. Kovanın zinciri kopunca, Hoca sırtüstü düşer.

Hoca'nın düşüşüne hanımı katıla katıla güler. Sırtüstü yatan Hoca, ayı gökyüzünde görünce: «Ne gülüyorsun, hanım? Düşmesine düştüm ama, ayı da kuyudan çıkardım bak» der.

DER MOND IST IN DEN BRUNNEN GEFALLEN

Eines Nachts will der Hodscha aus dem Brunnen in seinem Garten Wasser schöpfen. Als er das Spiegelbild des Mondes im Brunnen erblickt, sagt er: «Du meine Güte, der Mond ist in den Brunnen gefallen», und ruft seine Frau.

Um ihn herauszuholen, taucht er den Eimer in den Brunnen und zieht ihn hoch, immer wieder. Als der Eimer irgendwo im Brunnen hängen bleibt, denkt der Hodscha, er habe den Mond gefangen, und zieht mit aller Kraft. Doch die Kette reißt, und der Hodscha fällt rückwärts zu Boden.

Als seine Frau das beobachtet, muss sie laut lachen. Auf dem Rücken liegend, schaut der Hodscha nach oben und erblickt den Mond am Himmel. «Was lachst du, Frau?», sagt er. «Ich bin zwar gestürzt, aber den Mond habe ich trotzdem aus dem Brunnen geholt, siehst du?»

TAVUĞA HOROZ GEREK

Bir gün köylüler Hoca'ya bir oyun oynayıp kendisiyle alay etmek isterler.

Aralarında konuşup anlaşırlar ve Hoca'yı hamama davet ederler. Hamamda yıkanırken, köylüler birer birer göbek taşına çıkarak, tavuk gibi: «Gıt gıt gıdak, gıt gıt gıdak» diye gıdaklar. Ardından yanlarında getirdikleri yumurtayı peştamalın altından çıkarıp hocaya gösterirler.

Hoca durumu anlar, göbek taşına çıkıp «Üü-ürüü-üüüü» diye öter.

Köylüler: «Bu da ne böyle, Hoca» derler.

Hoca gülerek: «Bu kadar tavuğa bir horoz gerek» der.

EINE HENNE BRAUCHT EINEN HAHN

Die Leute im Dorf wollen sich über den Hodscha lustig machen und ihm einen Streich spielen.

Sie beratschlagen sich und laden dann den Hodscha ins Dampfbad ein. Während sie sich waschen, steigt einer nach dem anderen auf den Nabelstein* und fängt an, wie ein Huhn zu gackern: «Gack, gack, gack.» Dann holt jeder unter seinem Badeschurz ein mitgebrachtes Ei hervor und zeigt es dem Hodscha.

Der Hodscha begreift sofort. Er steigt auf den Nabelstein und kräht «Kikeriki» wie ein Hahn.

«Was soll das, Hodscha?», fragen die Dorfbewohner.

Lächelnd antwortet der Hodscha: «So viele Hennen brauchen einen Hahn.»

* ein marmornes Podest im Hamam, um sich auszuruhen

KAVUĞUN MARİFETİ

Hoca'nın komşusuna bir mektup gelir. Okuma yazma bilmeyen komşusu doğru Hoca'nın yanına koşar: «Hoca, bir zahmet şu mektubu bana bir okur musun» diye sorar.

Hoca mektubu alır, evirir çevirir, komşusuna geri uzatır: «Bu mektup Türkçe değil, okuyamam» der.

Komşusu, Hoca'ya kızar: «Yazıklar olsun, hocalığından utanmıyorsan, başındaki şu kavuktan utan» der.

Hoca kavuğunu çıkarır, komşusunun başına takar: «Marifet kavuktaysa, buyur sen oku» karşılığını verir.

DIE FERTIGKEIT DES TURBANS

Der Nachbar des Hodscha bekommt einen Brief. Da er weder lesen noch schreiben kann, eilt er unverzüglich zum Hodscha. «Würdest du so freundlich sein, Hodscha, und mir diesen Brief vorlesen?», bittet er.

Der Hodscha nimmt den Brief, dreht und wendet ihn in der Hand und gibt ihn dann dem Nachbarn zurück. «Der Brief ist nicht auf Türkisch, ich kann ihn nicht lesen», sagt er.

Der Nachbar entrüstet sich: «Was für eine Schande! Schämst du dich denn nicht, dass du ein Hodscha bist und diesen Turban auf dem Kopf trägst?»

Da nimmt der Hodscha seinen Turban ab und setzt ihn dem Mann auf. «Wenn man nur den Turban dazu braucht, bitte sehr, dann lies du doch», sagt er.

YEMEĞİN BUĞUSU

Hoca kadılık yaparken, iki adam gelir.

Biri: «Hoca, ben aşçıyım. Dükkanın önünde yemek pişiriyordum. Bu adam elinde bir somunla geldi. Tencerenin kenarından çıkan yemeğin buğusuna ekmeği tutup tutup yedi. Kocaman somunu bitirdi. Ondan yemeğin buğusunun parasını istiyorum, vermiyor. Ben bu adamdan davacıyım» der.

Hoca, öteki adama sorar, doğru mu bunlar. Adam doğru deyince «Ver bakayım para keseni» der.

Zavallı adam içinde üç beş kuruş olan keseyi çıkarıp Hoca'ya uzatır.

Hoca keseyi aşçının kulağına götürüp şıngırdatır: «Artık alacak verecek kalmadı» der.

Aşçı: «Ama olur mu, Hocaefendi, parayı vermedin ki.»

Hoca: «Yemeğin buğusunu satan, paranın şıngırtısını alır» der.

İÇİNDE BULUNMAYIN YETER

Nasreddin Hoca'ya sorarlar: «Hoca, cenazeyi götürürken tabutun önünde mi yoksa arkasında mı bulunmalı?»

Hoca: «İçinde bulunmayın da nerede bulunursanız bulunun, hiç önemi yok» der.

DER DUFT DES ESSENS

Als der Hodscha Richter ist, kommen zwei Leute zu ihm.

«Hodscha», sagt der eine, «ich bin Koch. Ich habe vor meinem Lokal Essen gekocht. Dieser Mann ist mit einem Brot in der Hand gekommen. Er hat es immer wieder in den Essensdampf gehalten, der aus den Töpfen stieg, und dann davon abgebissen. Auf diese Weise hat er den ganzen Laib Brot aufgegessen. Ich habe für den Essensdampf Geld von ihm verlangt, aber er will es mir nicht geben. Daher verklage ich diesen Mann.»

Der Hodscha fragt den anderen, ob die Darstellung richtig sei. Als er es bestätigt, sagt der Hodscha: «Gib mir deinen Geldbeutel.»

Der arme Kerl zieht seinen Geldbeutel mit ein paar Münzen darin aus der Tasche und reicht ihn dem Hodscha.

Der hält den Geldbeutel an das Ohr des Kochs und lässt die Münzen klimpern. «Damit ist die Schuld beglichen», sagt er.

«Was soll das, verehrter Hodscha?», protestiert der Koch. «Ich habe doch noch gar kein Geld bekommen.»

Darauf der Hodscha: «Wer den Duft des Essens verkauft, bekommt dafür den Klang des Geldes.»

HAUPTSACHE, NICHT IM SARG

Nasreddin Hodscha wird gefragt: «Hodscha, soll man sich bei einem Leichenbegängnis vor oder hinter dem Sarg befinden?»

«Hauptsache, man befindet sich nicht im Sarg», antwortet er.

DÜNYANIN DENGESİ

Hoca'nın hep hazır cevap olmasından hoşlanmayan bir komşusu, «Hoca'ya cemaatin içinde öyle bir soru sorayım ki, cevap veremesin, utansın» diye düşünür.

Soruyu önceden hazırlayan komşusu, bir gün Hoca'yı köy meydanında köylülerle sohbet ederken görünce, şimdi tam fırsatı deyip hemen yanına gider: «Hocam, bir sorum olacak, neden insanlar evlerinden çıktıktan sonra hepsi bir yönde gitmiyor? Biri o yana, biri bu yana gidiyor.»

Hoca: «Yahu, komşu efendi, herkes aynı yöne gitse, dünyanın dengesi bozulur»
der.

DAS GLEICHGEWICHT DER WELT

Ein Nachbar, dem die Schlagfertigkeit des Hodscha gar nicht gefällt, beschließt, den Hodscha bloßzustellen, indem er ihm im Beisein vieler Leute eine Frage vorlegt, die er nicht beantworten kann.

Der Nachbar hat sich die Frage genau überlegt, und als er eines Tages sieht, wie sich der Hodscha auf dem Dorfplatz mit den Leuten unterhält, denkt er: Das ist die Gelegenheit, und läuft zu ihm hin. «Lieber Hodscha», sagt er, «ich habe eine Frage an dich: Warum gehen die Leute, wenn sie ihr Haus verlassen, nicht alle in eine Richtung? Warum geht der eine in diese, der andere in jene Richtung?»

«Nun, Herr Nachbar, wenn alle in dieselbe Richtung gingen, würde die Welt aus dem Gleichgewicht geraten», gibt der Hodscha zur Antwort.

ZATEN İNECEKTİM

Bir gün Hoca eşeğin sırtında köyden geçerken, hayvan birden ürker. Hoca eşeğin sırtından yere düşer.

Bunu gören çocuklar yanına koşar ve yerde yatan Hoca'nın haline gülmeye başlarlar.

Hoca gayet rahat: «Ne gülüyorsunuz, ben zaten inecektim» der.

TİMUR'UN FİLİ

Bir gün padişah Timur, Hoca'nın köyünü ziyarete gider. Köylü padişahı çok iyi ağırlar.

Köyün misafirperverliğinden memnun kalan Timur, köye bir fil bağışlar. Fil köyde bahçe bırakmaz, hepsini talan eder. Köylü çok şikayetçidir, ancak Timur'dan korktuğu için file bir şey yapamaz.

Köylüler son çare Hoca'dan yardım isterler. Hoca: «Timur'a birlikte gidip durumu anlatalım» der.

Hoca önde, köylüler arkada yola düşerler. Ama Timur'dan korkan köylüler yolda birer ikişer arkadan sıvışırlar. Hoca sarayın kapısından içeri girdiğinde, peşinde kimse kalmamıştır.

Timur Hoca'ya ziyaretin sebebini sorar ve «Filim nasıl» der. Hoca, arkasına bakar ki, kimse yok. «Padişahım» der, «köylü sizin hediyeniz filden çok memnun, ama yalnız kalmasına üzülüyor. Bir fil daha istiyor» der.

ICH WOLLTE SOWIESO ABSTEIGEN

Eines Tages, als der Hodscha auf seinem Esel durch das Dorf reitet, scheut das Tier plötzlich, und der Hodscha wird abgeworfen.

Die Kinder, die die Szene beobachtet haben, laufen herbei und fangen an zu lachen, als sie den Hodscha am Boden liegen sehen.

«Warum lacht ihr?», fragt der Hodscha seelenruhig. «Ich wollte sowieso absteigen.»

TIMURS ELEFANT

Eines Tages besucht Padischah Timur* das Dorf des Hodscha. Er wird von den Bewohnern exzellent bewirtet.

Zufrieden mit dieser Gastfreundschaft, schenkt er dem Dorf einen Elefanten. Doch der Elefant verschont keinen Garten und trampelt alles nieder. Die Bauern beklagen sich sehr, aber aus Angst vor Timur krümmen sie dem Elefanten kein Haar.

Der Hodscha ist ihre letzte Rettung. Um ihnen zu helfen, schlägt er vor: «Gehen wir gemeinsam zu Timur und sagen es ihm.»

Der Hodscha vorneweg, hinter ihm die Bauern, brechen sie auf, doch aus Furcht vor Timur macht sich einer nach dem anderen aus dem Staub. Als der Hodscha das Palasttor passiert, ist niemand mehr hinter ihm.

Timur fragt den Hodscha nach dem Grund seines Besuchs und erkundigt sich nach dem Elefanten. Der Hodscha dreht sich um, aber er ist allein. «Mein Padischah», sagt er, «alle im Dorf sind froh über Euer Geschenk, doch sie bedauern, dass der Elefant allein ist. Sie hätten gern einen zweiten.»

* Timur Lenk (Tamerlan)

KAYBOLAN EŞEK

Bir gün Nasreddin Hoca'nın eşeği kaybolur ve Hoca günlerce aramasına rağmen bulamaz.

Hoca'nın durumuna üzülen komşuları birlikte eşeği aramaya çıkarlar. Yolda giderken, Hoca hep «Allaha şükürler olsun» diye dua eder.

Hoca'nın şükretmesine şaşıran komşuları: «Hoca, biz eşek kayıp diye üzülüyoruz, sen şükrediyorsun. Nedir bu?»

Hoca: «Ben eşeğin kaybolduğuna değil, eşeğin üzerinde ben olmadığıma şükrediyorum. Yoksa şimdi ben de kaç gündür kayıp olacaktım» der.

HIRSIZIN HİÇ Mİ SUÇU YOK

Bir gün Hoca'nın evine hırsız girer ve evde ne var ne yok hepsini götürür.

Olayı duyan komşuları, Hoca'ya geçmiş olsuna gelirler. Her kafadan bir ses çıkar.

Biri: «Hoca, suç sende. Kapıyı iyi kilitleseydin, hırsız giremezdi».

Bir başkası: «İnsan değerli eşyaları evde tutar mı hiç» der.

Yine bir başkası: «Kapına sağlam bir kilit taksaydın, bunlar başına gelmezdi» deyince, Hoca dayanamaz: «Allah aşkına, komşular» der, «hırsızın hiç mi suçu yok?»

DER VERLORENE ESEL

Eines Tages verliert Nasreddin Hodscha seinen Esel, aber trotz tagelanger Suche findet er ihn nicht wieder.

Aus Mitleid mit dem Hodscha machen sich die Nachbarn auf, um ihm bei der Suche zu helfen. Unterwegs sagt der Hodscha immer wieder: «Gott sei Dank.»

Die Nachbarn wundern sich über diese Danksagungen. «Hodscha», sagen sie, «wir bedauern, dass du deinen Esel verloren hast, und du dankst Gott dafür. Warum?»

Darauf der Hodscha: «Ich danke Gott nicht dafür, dass ich meinen Esel verloren habe, sondern dafür, dass ich nicht darauf gesessen habe. Sonst wäre auch ich jetzt schon seit Tagen verschollen.»

HAT DENN DER DIEB KEINE SCHULD?

Eines Tages bricht beim Hodscha ein Dieb ein und nimmt alles mit, was nicht niet- und nagelfest ist.

Als die Nachbarn von dem Vorfall hören, kommen sie, um ihn zu bedauern, und jeder gibt einen Kommentar ab.

Einer meint: «Es ist allein deine Schuld, Hodscha. Hättest du die Tür abgeschlossen, wäre der Dieb gar nicht erst reingekommen.»

Ein anderer sagt: «Man bewahrt doch keine Wertobjekte zu Hause auf.»

Und ein Dritter: «Wenn du ein stabiles Schloss an der Tür gehabt hättest, wäre dir das nicht passiert.» Da platzt dem Hodscha der Kragen: «Um Himmels willen, Nachbarn», empört er, sich «hat denn der Dieb keine Schuld?»

KEDİ NERDE

Hoca'nın canı et çeker. Kasaba gidip iki kilo et alır. Hanımına: «Akşam bu etleri bir güzel pişir de yiyelim» der.

Hoca gittikten sonra eve komşuları misafir gelir, hanımı eti misafirlere ikram eder.

Hoca akşam et yiyeceği sevinciyle eve döner. Hanımı Hoca'nın önüne bir tabak mercimek çorbası koyar.

Hoca gözlerine inanamaz. «Hanım, et nerde?» diye sorar.

Hanımı: «Sorma Hoca, ben komşulara gidince, bizim kedi eti yemiş» der.

Hoca, masanın önünde yiyecek vermesi için gözüne bakan kediyi görünce, hemen koşup teraziyi getirir ve kediyi tartar. Kedi iki kilo gelir.

Hoca: «Hanım, eğer kedi buysa, et nerde? Eğer et buysa, kedi nerde» der.

WO IST DIE KATZE?

Der Hodscha hat Appetit auf Fleisch. Er geht zum Metzger und kauft zwei Kilo. Zu seiner Frau sagt er: «Koch uns etwas Schönes für heute Abend.»

Als der Hodscha weg ist, kommen die Nachbarinnen zu Besuch, und seine Frau setzt ihnen das Fleischgericht vor.

Am Abend kehrt der Hodscha nach Hause zurück, er freut sich schon auf das Fleisch. Aber seine Frau stellt ihm einen Teller Linsensuppe auf den Tisch.

Der Hodscha traut seinen Augen nicht. «Frau, wo ist das Fleisch?», fragt er.

«Frag nicht, Hodscha», erwidert seine Frau. «Während ich bei den Nachbarinnen war, hat es unsere Katze gefressen.»

Als der Hodscha sieht, wie die Katze flehentlich um einen Bissen bettelnd zu ihm hochschaut, springt er auf. Er holt die Waage und stellt die Katze darauf. Die Katze wiegt zwei Kilo.

«Frau, wenn das die Katze ist, wo ist dann das Fleisch?», fragt er. «Wenn das aber das Fleisch ist, wo ist dann die Katze?»

PARAYI VEREN DÜDÜĞÜ ÇALAR

Hoca sabah pazara giderken, çocuklar etrafını çevirir ve hepsi: «Hoca, bana bir düdük al pazardan» diye sipariş verir.

Hoca: «Peki, olur» der. Çocuklardan sadece biri Hoca'ya düdük için para verir.

Hoca akşam pazardan dönerken, çocuklar düdük sevinciyle koşarak Hoca'nın etrafını sarar. Hoca çantasından bir düdük çıkarır ve para veren çocuğa uzatır.

Öteki çocuklar: «Hani benim düdük nerede» diye bağırmaya başlarlar.

Hoca: «Ee, çocuklar, parayı veren düdüğü çalar» der.

UYKUM KAÇTI

Nasreddin Hoca'yı bir gece uyku tutmaz. Sağa döner, sola döner bir türlü uyuyamaz. Yataktan kalkıp elbiselerini giyer ve dışarı çıkar.

Gece bekçisi Hoca'nın önünü keser. «Bu saatte nereye böyle» diye sorar.

Hoca: «Uykum kaçtı da onu arıyorum» der.

AĞLAYAN HOCA

Kasabanın zenginlerinden biri ölür. Hoca cenaze töreninde ağlamaya başlar.

Biri Hoca'yı teselli etmek için yanına yaklaşır ve «Merhum akraban mıydı» diye sorar.

Hoca: «Yok, ben de zaten onun için ağlıyorum ya» der.

WER BEZAHLT, SPIELT DIE FLÖTE

Eines Morgens auf dem Weg zum Markt wird der Hodscha von Kindern umringt. «Hodscha, bring mir eine Flöte vom Markt mit!», rufen alle durcheinander.

«In Ordnung», sagt der Hodscha. Aber nur eines der Kinder gibt ihm Geld für die Flöte.

Als der Hodscha am Abend vom Markt zurückkehrt, kommen die Kinder angelaufen und umringen ihn. Sie freuen sich auf ihre Flöten. Aber der Hodscha holt eine einzige aus seiner Tasche und reicht sie dem Kind, das ihm Geld gegeben hat.

«Und wo ist meine Flöte?», fragen die anderen Kinder durcheinander.

«Tja, Kinder», gibt er zurück. «Wer bezahlt, spielt die Flöte».

MIR IST DER SCHLAF ABHANDENGEKOMMEN

Eines Nachts findet Nasreddin Hodscha keinen Schlaf. Er wälzt sich im Bett hin und her, kann aber einfach nicht einschlafen. Da steht er auf, zieht sich an und geht hinaus.

Unterwegs begegnet er dem Nachtwächter, der ihn fragt: «Hodscha, wohin zu dieser nächtlichen Stunde?»

«Mir ist der Schlaf abhandengekommen, ich suche ihn», erwidert der Hodscha.

DER WEINENDE HODSCHA

Ein reicher Mann aus dem Städtchen stirbt. Bei der Beerdigung fängt der Hodscha an zu weinen.

Einer, der ihn trösten will, kommt zu ihm und sagt: «Der Verstorbene ist wohl ein Verwandter von dir?»

«Nein», erwidert der Hodscha, «deswegen weine ich ja.»

TARİFİ BENDE

Hoca'nın canı bir gün ciğer yemeği çeker. Kasaba gidip ciğer alır ve tarifini de yazdırır.

Hoca bir elinde ciğer öteki elinde yemek tarifi sevinerek eve giderken, bir çaylak bir çırpıda Hoca'nın elindeki ciğeri kaptığı gibi kaçar.

Neye uğradığını şaşıran Hoca, çaylağa: «Hey, ciğeri kaptın ama, tarifi bende» diye bağırır.

YARISI AĞLASIN

Bir gece hanımı Hoca'yı uyandırır: «Hoca, çocuk uyandı ağlıyor. Hep ben mi sallayacağım beşiği? Biraz da sen salla. Çocuğun yarısı benimse, yarısı da senin» der.

Hoca: «Sen senin yarını salla, benim yarım ağlasın» der.

DAS REZEPT HABE ICH

Eines Tages hat der Hodscha Lust auf ein Lebergericht. Er kauft beim Metzger Leber und lässt sich ein Rezept aufschreiben.

In einer Hand die Leber, in der anderen das Rezept, macht er sich freudestrahlend auf den Heimweg. Plötzlich stürzt ein Milan herab, entreißt dem Hodscha die Leber und fliegt davon.

Verdutzt über das, was geschehen ist, ruft der Hodscha dem Milan nach: «He, du hast zwar die Leber, aber das Rezept habe ich.»

DIE EINE HÄLFTE KANN RUHIG WEINEN

Eines Nachts wird der Hodscha von seiner Frau geweckt. «Hodscha, das Kind ist aufgewacht und weint. Muss denn immer ich die Wiege schaukeln? Schaukle doch du ein bisschen. Schließlich ist das Kind zur Hälfte deines.»

Darauf der Hodscha: «Schaukle du deine Hälfte, meine Hälfte kann ruhig weinen.»

YA TUTARSA

Hoca bir gün Akşehir gölüne gider ve yanında getirdiği çömlekten yoğurdu göle dökerek kaşıkla karıştırır.

Hoca'yı gören köylüler merak edip sorarlar: «Hoca, ne yapıyorsun öyle?»

Hoca: «Göle yoğurt çalıyorum» der.

Köylüler: «Hoca, Allah aşkına sen şaşırdın mı? Göl yoğurt tutar mı hiç» diye sorarlar.

Hoca: «Ya tutarsa» der.

ŞAKADAN HİÇ HOŞLANMAM

Hoca pazarda giderken, birisi ensesine bir tokat atar. Hoca sendeler, düşmemek için kendini zor tutar ve karşılık vermek için kızgınlıkla geri döner. Bir bakar ki, çok güçlü kuvvetli bir adam karşısındaki.

Hoca: «Enseme sen mi vurdun» diye sorar.

Adam: «Evet, ben vurdum, ne olmuş yani» der.

Hoca: «Şakadan mı vurdun yoksa ciddi mi.»

Adam: «Ciddi vurdum, ne olacak» der.

Hoca: «Aman öyle olsun, yoksa şakadan hiç hoşlanmam» der.

UND WENN ES DOCH KLAPPT?

Eines Tages begibt sich der Hodscha an den See von Akşehir, schöpft aus einem mitgebrachten Gefäß Joghurt in den See und rührt mit einem Löffel um.

Die Bauern, die den Hodscha beobachten, fragen neugierig: «Was machst du denn da, Hodscha?»

«Ich setze Joghurt an», erwidert er.

«Mein Gott, Hodscha», sagen die Bauern, «hast du den Verstand verloren? Wie soll denn in einem See Joghurt entstehen?»

Darauf der Hodscha: «Und wenn es doch klappt?»

ICH VERSTEH KEINEN SPASS

Auf dem Weg zum Markt bekommt der Hodscha plötzlich einen Schlag ins Genick. Er stolpert und wäre fast gestürzt. Wutentbrannt fährt er herum und will zurückschlagen. Doch vor ihm steht ein kräftiger, starker Kerl.

Der Hodscha: «Hast du mir einen Schlag ins Genick gegeben?»

Der Mann: «Ja, das war ich. Und?»

Der Hodscha: «Hast du das zum Spaß gemacht oder im Ernst?»

Der Mann: «Im Ernst, was glaubst du denn?»

Darauf der Hodscha: «Dann ist es ja gut, denn ich versteh keinen Spaß.»

BİR TEPSİ BAKLAVA

Hoca akşam eve giderken, yolda baklava seven bir komşusuyla karşılaşır.

Komşusu: «Hoca, biraz önce bir adam büyük bir tepsi baklava götürüyordu» der.

Hoca: «Bana ne» der.

Komşusu: «Ama adam tepsiyi sizin eve götürüyordu Hoca» der.

Hoca: «O zaman sana ne.»

BEN BULUNMADIM

Hoca, arkadaşlarıyla sohbet ederken, söz helvadan açılır.

Helvayı çok seven Hoca: «Ah arkadaşlar, kaç yıldır canım helva istiyor, bir türlü pişirip de yiyemedim» der.

Arkadaşları: «Hoca, helva yapmak o kadar zor değil. Niye yapmadın» diye sorarlar.

Hoca: «Valla arkadaşlar, evde bazen un bulunduysa, yağ bulunmadı, yağ bulunduysa, un bulunmadı» diye dert yanar.

Arkadaşları: «Yani bunca zamandır bu ikisini biraraya getiremedin mi» diye sorunca, Hoca: «İkisi bulunduğu zaman da ben bulunmadım» der.

EIN BLECH BAKLAVA

Abends auf dem Heimweg begegnet der Hodscha einem Nachbarn, der für sein Leben gern süßes Blätterteiggebäck isst.

Sagt der Nachbar: «Hodscha, gerade hat ein Mann ein riesiges Blech Baklava gebracht.»

Der Hodscha: «Was geht das mich an?»

Der Nachbar: «Aber der Mann hat das Blech zu Euch nach Hause gebracht, Hodscha.»

Darauf der Hodscha: «Was geht es dann dich an?»

NICHT, WENN ICH ZU HAUSE WAR

Der Hodscha unterhält sich mit seinen Freunden, dabei kommt die Rede auch auf die Süßspeise Helva.

Der Hodscha, der Helva für sein Leben gern isst, sagt: «Ach Freunde, wie viele Jahre habe ich nun schon Lust auf Helva und bin doch nie dazu gekommen, es zuzubereiten.»

«Warum denn nicht, Hodscha?», sagen seine Freunde. «Helva zu machen ist doch gar nicht so schwer.»

«Tja, Freunde. Jedes Mal, wenn Mehl im Haus war, fehlte die Butter, und jedes Mal, wenn Butter da war, fehlte das Mehl.»

Als die Freunde fragen: «Willst du tatsächlich sagen, dass ihr all die Jahre nie Butter und Mehl gleichzeitig im Haus hattet?», gibt der Hodscha zurück: «Nicht, wenn ich zu Hause war.»

TÜRKÇE OSURMAK

Nasreddin Hoca, elçilik aracılığıyla Habeşistan'a gider. Habeşler Hoca'yı çok iyi karşılar ve onun onuruna yemek verirler.

Hoca fazla iltifattan hoşlanmaz, ama Habeşler, hizmette kusur olmasın diye Hoca'ya devamlı yemek ikram ederler. Hoca sıkılır ve osurur.

Sofradaki davetliler ses çıkarmaz.

Hoca'nın yanında mollası da vardır. Davetten ayrılırken mollası Hoca'ya: «Hocaefendi, çok ayıp ettin» der.

Hoca: «Dil bilmeyen Habeşler Türkçe osurmaktan anlamaz ki» yanıtını verir.

HANIMLA TARTIŞTIK

Bir gün komşusu Hoca'ya sorar: «Hocaefendi, dün akşam sizin evde çok gürültü vardı. Neydi o?»

Hoca: «Yok bir şey, hanımla sadece biraz tartıştık. Tartışma esnasında kavuğum düştü ve merdivenlerden aşağı yuvarlandı. Onun sesi gelmiştir» der.

Komşusu: «Yahu Hocaefendi, hiç kavuktan bu kadar ses çıkar mı?» diye sorar.

Hoca: «Yahu anla işte. Kavuğun içinde ben de vardım» der.

FURZEN AUF TÜRKISCH

Nasreddin Hodscha geht auf Einladung der Botschaft nach Abessinien. Die Abessinier bereiten ihm einen sehr freundlichen Empfang und geben ihm zu Ehren ein Festmahl.

Dem Hodscha sind die Gunstbezeugungen zu viel, aber die Abessinier wollen perfekte Gastgeber sein und laden ihm immer wieder den Teller voll. Das geht dem Hodscha so auf die Nerven, dass er einen Furz lässt.

Die Gäste am Tisch lassen sich nichts anmerken.

Zusammen mit dem Hodscha ist auch ein Mullah gekommen. Als sie gehen, sagt der Mullah: «Verehrter Hodscha, was du da gemacht hast, das war sehr unanständig.»

Der Hodscha erwidert: «Das sind Abessinier, wie sollen die einen türkischen Furz verstehen.»

ICH HABE MIT MEINER FRAU DISKUTIERT

Eines Tages fragt der Nachbar: «Verehrter Hodscha, gestern Abend war ein solcher Krach in eurem Haus. Was war denn los?»

«Nichts weiter», erwidert der Hodscha. «Ich habe nur ein bisschen mit meiner Frau diskutiert. Dabei ist mein Turban runtergefallen und die Treppe hinuntergekullert. Das könnte das Geräusch gewesen sein.»

«Aber, verehrter Hodscha, ein Turban macht doch keinen solchen Krach», sagt der Nachbar.

«So versteh doch», erwidert der Hodscha, «unter dem Turban habe ich gesteckt.»

EN DOĞRUSU BU

Hoca öğrencileriyle camiye giderken, eşeğe ters biner.

Öğrencileri Hoca'ya: «Hocam, eşeğe niye ters bindin böyle» diye sorarlar.

Hoca: «Eğer doğru binsem, siz arkamda kalacaksınız. Siz önde gitseniz, ben arkanıza düşeceğim. Şimdi böyle binmek en doğrusu» der.

SEN DE HAKLISIN

Bir gün Hoca'ya iki kişi gelir. Birbirinden şikayetçidirler. Hoca'dan kimin haklı olduğunu bilmek isterler.

Hoca birinci adamı dinler: «Sen haklısın» der.

Sonra ikinci adamı dinler: «Sen de haklısın» der.

Bunun üzerine hanımı: «Olur mu Hoca, ikisi birden nasıl haklı olur» diye çıkışır.

Hoca: «Karıcığım, sen de haklısın» der.

SO IST ES AM BESTEN

Eines Tages macht sich der Hodscha mit seinen Schülern auf den Weg zur Moschee, er setzt sich aber verkehrt auf seinen Esel.

Seine Schüler fragen: «Lieber Hodscha, warum setzt du dich verkehrt auf den Esel?»

«Wenn ich mich richtig herum auf den Esel setzen würde, würdet ihr hinter mir bleiben», erwidert der Hodscha. «Wenn ihr vorausgehen würdet, würde ich nur euren Rücken vor mir haben. Deswegen ist es so am besten.»

DU HAST AUCH RECHT

Eines Tages kommen zwei Leute zum Hodscha, von denen der eine gegen den anderen Beschwerde führt. Vom Hodscha wollen sie nun wissen, wer im Recht ist.

Der Hodscha hört den einen an und sagt: «Du hast recht.»

Dann hört er den anderen an und sagt: «Du hast auch recht.»

«Es kann doch nicht sein, Hodscha, dass beide recht haben», widerspricht seine Frau.

«Du hast auch recht, Frau», erwidert der Hodscha.

TAVŞANIN SUYUNUN SUYU

Bir gün bir köyden biri Hoca'yı ziyarete gelir. Hediye olarak yanında bir tavşan getirir. Hoca köylüyü evinde misafir eder. Tavşanı pişirip yerler.

Bir hafta sonra üç kişi Hoca'yı ziyarete gelir.

Hoca: «Siz kimsiniz» diye sorar.

Ziyaretçiler: «Biz size tavşan getiren köylünün komşularıyız» derler.

Hoca onları da eve alır ve tavşanın suyundan çorba yapıp ikram eder.

Bir hafta sonra Hoca'ya yine birkaç kişi ziyarete gelir. Hoca'nın kimsiniz sorusuna, ziyaretçiler: «Biz sana tavşan getiren köylünün komşularının komşularıyız» cevabını verirler.

Hoca onları da içeri alır. Sofraya bir tas dolusu su koyar. Misafirler çorba sanıp kaşıklamaya başlarlar. Ama su olduğunu anlayınca: «Hoca, bu ne» derler.

Hoca: «Bu tavşanın suyunun suyu» der.

ZATEN BOŞAYACAKTIM

Nasreddin Hoca, iş icabı Konya'ya gider. Karısı Akşehir'de kalır.

Bir süre sonra Konya'da tanıdıkları Hoca'nın yanına gelir ve çekinerek: «Hocaefendi, galiba karınız ölmüş» derler.

Hoca gayet rahat: «Zaten ben onu boşayacaktım» der.

DIE BRÜHE DER HASENBRÜHE

Der Hodscha bekommt Besuch aus einem Dorf. Als Geschenk bringt der Gast einen Feldhasen mit. Der Hodscha beherbergt den Gast und bereitet einen Hasenbraten, den sie verspeisen.

Eine Woche später kommen drei Leute zum Hodscha.

«Wer seid ihr?», fragt der Hodscha.

«Wir sind die Nachbarn von dem, der dir den Hasen gebracht hat», sagen sie.

Der Hodscha beherbergt auch sie und setzt ihnen eine Suppe aus Hasenbrühe vor.

Eine Woche später kommen wieder ein paar Leute. Der Hodscha will wissen, wer sie sind, und erhält zur Antwort: «Wir sind die Nachbarn der Nachbarn von dem, der dir den Hasen gebracht hat.»

Der Hodscha bittet auch sie herein. Er stellt eine Schüssel Wasser auf den Tisch. Im Glauben, es sei Suppe, fangen die Gäste an zu essen. Als sie jedoch merken, dass es Wasser ist, fragen sie: «Hodscha, was ist das?»

«Das ist die Brühe der Hasenbrühe», gibt er zur Antwort.

ICH WOLLTE MICH SOWIESO SCHEIDEN LASSEN

Nasreddin Hodscha geht nach Konya, wo er etwas zu erledigen hat. Seine Frau bleibt in Akşehir.

Nach einiger Zeit kommen in Konya Bekannte auf ihn zu und sagen zögernd zu ihm: «Verehrter Hodscha, anscheinend ist Eure Frau gestorben.»

Ruhig und gelassen gibt der Hodscha zurück: «Ich wollte mich sowieso von ihr scheiden lassen.»

KAYIP YÜZÜK

Hoca parmağındaki yüzüğü evde düşürür. Evin her tarafını altına üstüne getirir, ama yüzüğü bulamaz. Bunun üzerine dışarıya çıkıp yüzüğü sokakta aramaya başlar.

Hoca'yı bir şey ararken gören komşusu: «Hayırdır Hoca, ne arıyorsun öyle» diye sorar.

Hoca: «Parmağımdaki yüzüğü evde kaybettim, onu arıyorum» der.

Komşusu: «Evin içinde kaybettiğin yüzüğü niçin dışarda arıyorsun Hoca» diye sorar.

Hoca: «Evin içi karanlık, burası aydınlık» der.

BİZE DE GELİRDİ

Nasreddin Hoca'ya komşuları: «Hoca, sizin hanım çok geziyor» derler.

Hoca: «Doğru değil bu. Eğer öyle olsaydı, bizim eve de gelirdi» cevabını verir.

DER VERLORENE RING

Der Hodscha hat im Haus seinen Ring verloren. Er stellt alles auf den Kopf, aber er kann ihn einfach nicht finden. Schließlich geht er hinaus auf die Straße und fängt an, den Ring draußen zu suchen.

Eine Nachbarin bemerkt, dass er etwas sucht, und fragt: «Nanu, Hodscha, was suchst du denn?»

«Ich habe im Haus meinen Ring verloren», antwortet er, «jetzt suche ich ihn.»

«Wenn du den Ring drinnen verloren hast, warum suchst du ihn dann draußen?», fragt die Nachbarin.

Darauf der Hodscha: «Drinnen ist es dunkel, hier ist es hell.»

SIE WÄRE AUCH ZU UNS GEKOMMEN

Die Nachbarn sagen zu Nasreddin Hodscha: «Deine Frau treibt sich überall herum, Hodscha.»

«Das stimmt nicht», gibt der Hodscha zurück, «sonst wäre sie auch zu uns gekommen.»

KIYMETİ BİLİNSİN

Nasreddin Hoca, komşuları kendisinden bir şey isteyince, hep ertesi güne bırakır.

Komşuları merak edip Hoca'ya sorarlar: «Hoca, niçin hep yarına atıyorsun?»

Hoca: «Vereceğim şeyin kıymeti bilinsin» cevabını verir.

GÖZLÜK GETİR

Hoca bir gece karısını uyandırır ve gözlüğünü ister.

Hanımı çekmeceden gözlüğü Hoca'ya verir. Ancak Hoca'nın gece niçin gözlük istediğini merak eder: «Ne yapacaksın gözlüğü» diye sorar.

Hoca: «Çok güzel bir rüya görüyorum, ama tam seçemiyorum, gözlüğümü takacağım» cevabını verir.

CİMRİ KOMŞU

Nasreddin Hoca'nın cimri mi cimri bir komşusu vardır. Komşusu sadece cimri değil, aynı zamanda boşboğazın biridir. Hoca bu komşusundan mümkün olduğu kadar uzak durmaya çalışır.

Cimri komşusu ile Hoca bir gün pazarda karşılaşır.

Komşusu: «Hoca, duyduğuma göre sen parayı çok seviyormuşsun. Neden acaba» diye sorar.

Hoca cevabı yapıştırır: «Senin gibilere muhtaç olmamak için.»

MAN SOLL ES ZU SCHÄTZEN WISSEN

Wenn die Nachbarn von Nasreddin Hodscha etwas wollen, vertröstet er sie jedes Mal auf den nächsten Tag.

«Warum tust du das, Hodscha?», wollen die Nachbarn wissen.

«Man soll den Wert dessen, was ich gebe, zu schätzen wissen», erwidert der Hodscha.

HOL MIR MEINE BRILLE

Eines Nachts weckt der Hodscha seine Frau und verlangt seine Brille.

Seine Frau holt die Brille aus der Schublade und gibt sie ihm. Doch sie will wissen, warum er mitten in der Nacht seine Brille braucht, und fragt: «Was willst du denn mit der Brille?»

«Ich habe einen wunderbaren Traum», erwidert der Hodscha, «aber manches kann ich nicht deutlich sehen, jetzt will ich meine Brille aufsetzen.»

DER GEIZIGE NACHBAR

Nasreddin Hodscha hat einen sehr geizigen Nachbarn. Aber der Mann ist nicht nur ein Geizkragen, sondern obendrein ein Schwätzer. Der Hodscha versucht, sich möglichst von ihm fernzuhalten.

Eines Tages trifft er den Nachbarn auf dem Markt.

«Hodscha», sagt der geizige Nachbar. «Wie ich gehört habe, liebst du das Geld sehr. Warum?»

«Damit ich nicht auf Leute wie dich angewiesen bin», gibt der Hodscha prompt zurück.

YA ELMALARI ALSAYDIM

Hoca bir gün padişah Timur'u ziyaret etmek ister. Eli boş gitmemek için bahçesindeki ağaçtan kırmızı iri elmalar toplar.

Timur'un çok öfkeli biri olduğunu bilen Hoca, belki Timur elma sevmiyordur diye düşünür ve elmaların yerine sepete domates doldurur. Timur'un huzuruna çıkan Hoca, hediyesini takdim eder.

Domates sevmeyen Timur, öfkeden köpürür ve domatesleri Hoca'nın kafasına atmaya başlar. Domateslerden korunmak için ordan oraya kaçan Hoca, hep: «Allahım, çok şükür sana» diye dua eder.

Timur, Hoca'ya: «Yahu, ben sana domates atıyorum, sen şükrediyorsun. Nedir bu?» diye sorar.

Hoca: «Ya elmaları getirseydim, halim ne olurdu diye düşünüp dua ediyorum» der.

WENN ICH ÄPFEL GENOMMEN HÄTTE

Eines Tages will der Hodscha dem Padischah Timur einen Besuch abstatten. Um nicht mit leeren Händen zu kommen, pflückt er große rote Äpfel vom Baum in seinem Garten.

Der Hodscha weiß, wie jähzornig Timur ist. Er überlegt, dass Timur vielleicht keine Äpfel mag, und nimmt statt der Äpfel Tomaten. Mit dem Korb voll Tomaten tritt der Hodscha vor Timur und überreicht ihm sein Geschenk.

Timur mag keine Tomaten, und wutentbrannt fängt er an, sie dem Hodscha an den Kopf zu werfen. Der Hodscha duckt sich hierhin und dorthin, um den Tomaten auszuweichen, und ruft dabei unablässig: «Mein Gott, ich danke dir!»

«Mensch», sagt Timur, «ich bewerfe dich mit Tomaten, und du dankst Gott. Warum denn?»

«Ich stelle mir vor, was passiert wäre, wenn ich Äpfel gebracht hätte. Deshalb danke ich Gott», erwidert der Hodscha.

HOCA, KARISI VE HIRSIZLAR

Nasreddin Hoca bir gün eve yorgun gelir. Akşam yemeğini yedikten sonra karısıyla yatarlar. Gece eve hırsızlar girer ve tabakları çalarlar.

Karısı: «Hoca, Hoca, kalk, hırsızlar tabakları çalıyor» der.

Hoca: «Boş ver, yenisini alırız» der.

Eve alışan hırsızlar ikinci gece yine gelirler. Bu sefer koltukları çalarlar.

Karısı: «Hoca, Hoca, kalk, hırsızlar bu sefer koltukları çalıyor» der.

Hoca: «Boş ver, yenisini alırız» der.

Hırsızlar üçüncü gece yine gelir ve Hoca'nın karısını çalarlar.

Karısı: «Hoca, Hoca, kalk, hırsızlar şimdi de ben karını çalıyor» der.

Hoca: «Boş ver, yenisini alırız.»

DER HODSCHA, SEINE FRAU UND DIE DIEBE

Eines Tages kommt der Hodscha todmüde nach Hause. Nach dem Abendessen legt er sich mit seiner Frau schlafen. In der Nacht dringen Diebe ins Haus ein und nehmen die Teller mit.

«Hodscha, Hodscha», sagt seine Frau, «steh auf, im Haus sind Diebe und stehlen unsere Teller.»

«Macht nichts, wir kaufen neue», erwidert der Hodscha.

In der zweiten Nacht kommen die Diebe wieder, es ist fast schon eine Gewohnheit. Diesmal nehmen sie die Sessel mit.

«Hodscha, Hodscha, steh auf, diesmal stehlen die Diebe unsere Sessel», sagt seine Frau.

«Macht nichts», sagt der Hodscha, «wir kaufen neue.»

In der dritten Nacht kommen die Diebe wieder und nehmen die Frau des Hodscha mit.

«Hodscha, Hodscha, steh auf, jetzt nehmen die Diebe mich mit, deine Frau.»

«Macht nichts», sagt der Hodscha, «wir kaufen eine neue.»

DELİ EŞEK

Hoca eşeğini satmak için pazara götürür.

Bir müşteri gelir, eşeğin yaşını anlamak için dişlerine bakacak olur. Ama eşek müşterinin elini ısırır. Canı yanan müşteri elini sallaya sallaya uzaklaşır.

Bir müşteri daha gelir ve eşeğin dişi mi erkek mi olduğunu anlamak için kuyruğunu kaldırıp bakacak olur. Eşek müşterinin bacağına bir tekme indirir. Bu müşteri de kızıp topallaya topallaya gider.

Olanları seyreden bir pazarcı Hoca'ya: «Hocam, bu senin eşek pek deli. Gelen müşteriyi ya ısırıyor ya da tekmeliyor. Sen bu eşeği satamazsın» der.

Hoca: «Zaten ben onu pazara satmaya getirmedim. İnsanlar görsün de, benim bu eşekten neler çektiğimi anlasın diye getirdim» der.

ALTI PARMAK

Nasreddin Hoca bir gün çok acıkır. Yemeği eliyle yemeye başlar.

Hoca'yı böyle oburca yemek yerken gören biri: «Hoca, niye yemeği beş parmağınla yiyorsun» diye sorar.

Hoca: «Altı parmağım olmadığı için» der.

DER VERRÜCKTE ESEL

Der Hodscha will seinen Esel auf dem Markt verkaufen.

Ein Interessent möchte wissen, wie alt der Esel ist, und prüft sein Gebiss. Doch der Esel beißt ihn in die Hand, woraufhin der Mann, die Hand vor Schmerzen schüttelnd, weggeht.

Ein anderer Interessent möchte wissen, ob es ein weiblicher oder ein männlicher Esel ist, und hebt den Schwanz des Esels, um nachzusehen. Doch der Esel versetzt ihm einen Tritt gegen das Bein, woraufhin der Mann verärgert und humpelnd weggeht.

Ein Händler, der die Szene beobachtet hat, sagt zum Hodscha: «Dein Esel ist ganz schön verrückt, Hodscha. Entweder beißt er die interessierten Käufer, oder er versetzt ihnen einen Tritt. Diesen Esel wirst du nie verkaufen.»

«Ich habe ihn sowieso nicht hergebracht, um ihn zu verkaufen», erwidert der Hodscha. «Die Leute sollen sehen, wie sehr ich unter diesem Esel zu leiden habe.»

SECHS FINGER

Einmal ist Nasreddin Hodscha so hungrig, dass er anfängt, mit allen fünf Fingern zu essen.

Einer, der sieht, wie gierig der Hodscha das Essen in sich hineinschlingt, sagt zu ihm: «Hodscha, warum isst du mit fünf Fingern?»

«Weil ich keine sechs Finger habe», erwidert der Hodscha.

FARK YOK

Nasreddin Hoca bağdaki üzümleri toplayıp küfelere doldurduktan sonra eşeğe yükleyip köyün yolunu tutar.

Köye girer girmez çocuklar Hoca'nın yolunu kesip: «Bize biraz üzüm versene» diye yalvarırlar.

Hoca etrafına bir bakar ki, çocuklar çok kalabalık. Hepsine birer salkım verse, o zaman üzüm bitecek. Hoca bir salkımdan birer tane üzüm koparıp çocuklara dağıtır.

Çocuklar: «Hoca, bu çok az. Birer salkım versene» derler.

Hoca: «Çocuklar, sepetteki üzümlerin hepsinin tadı aynı. Az yemekle çok yemek arasında fark yok» diye karşılık verir.

HOCA'NIN TESTİSİ

Nasreddin Hoca bir gün küçük oğlunu çağırıp eline bir testi verir: «Git çeşmeden su al gel» der.

Çocuk testiyi aldıktan sonra, Hoca çocuğun ensesine bir tokat atar ve «Sakın testiyi kırma» diye tembihler.

ES MACHT KEINEN UNTERSCHIED

Nasreddin Hodscha hat Trauben gepflückt und seine Tragekörbe gefüllt. Er belädt seinen Esel und kehrt ins Dorf zurück.

Kaum ist er im Dorf, umringen ihn die Kinder. «Gib uns ein paar Trauben», betteln sie.

Der Hodscha wirft einen Blick in die Runde. Es sind viele Kinder. Wenn er jedem eine Dolde geben würde, wären keine Trauben mehr übrig. Der Hodscha pflückt einzelne Beeren von einer Dolde und reicht sie den Kindern.

«So wenig, Hodscha? Gib jedem eine Dolde», sagen sie.

«Kinder», gibt der Hodscha zurück, «die Trauben in meinem Korb schmecken alle gleich. Ob ihr viel esst oder wenig, es macht keinen Unterschied.»

DER KRUG DES HODSCHA

Eines Tages ruft Nasreddin Hodscha seinen kleinen Sohn zu sich und drückt ihm einen Krug in die Hand. «Geh und hol Wasser aus dem Brunnen», schickt er ihn los.

Als der Junge den Krug genommen hat, versetzt er ihm einen Klaps auf den Hinterkopf und ermahnt ihn: «Zerbrich ihn bloß nicht.»

Bunu gören komşusu Hoca'ya: «Hoca, ne yapıyorsun sen öyle? Çocuk testiyi kırmadan niye vuruyorsun» diye sorar.

Hoca: «Testiyi kırdıktan sonra, neye yarar» der.

HOCA'NIN HİNDİSİ

Hoca bir gün pazarda küçük bir papağanın onbeş altına satıldığını görünce, hemen eve koşar. Kümesteki hindisini alıp pazara getirir ve «Yirmi altına satılık hindi» diye bağırmaya başlar.

Pazarcılar Hoca'nın hindiye yirmi altın istemesine çok şaşırırlar: «Hoca, hiç hindi yirmi altın eder mi» derler.

Hoca: «Ne yani» der, «demin çok daha küçük bir kuşu onbeş altına satıyorlardı.»

Pazarcılar: «Ama o bir papağan, insan gibi konuşuyor» derler.

Hoca: «O konuşuyorsa, bu da düşünüyor» cevabını verir.

DÜNYA KAÇ METRE

Bir gün Hoca'ya yolda rastlayan bir arkadaşı, şakadan takılır: «Hoca, dünya kaç metre» diye sorar.

Tam o sırada bir cenaze geçiyordur.

Hoca, tabutu göstererek: «Koş ona sor. Dünyayı ölçmüş, biçmiş gidiyor» der.

Ein Nachbar, der sie Szene beobachtet hat, fragt: «Hodscha, was machst du denn da? Warum schlägst du das Kind, obwohl es den Krug noch gar nicht zerbrochen hat?»

«Was nützt es, wenn der Krug erst zerbrochen ist?», antwortet der Hodscha.

DER TRUTHAHN DES HODSCHA

Eines Tages sieht der Hodscha, dass auf dem Markt ein kleiner Papagei für fünfzehn Dukaten verkauft wird. Er eilt nach Hause und holt seinen Truthahn aus dem Stall, bringt ihn zum Markt und preist ihn lauthals an: «Truthahn für zwanzig Dukaten zu verkaufen.»

Erstaunt, dass der Hodscha für seinen Truthahn zwanzig Dukaten verlangt, sagen die Händler: «Aber Hodscha, ein Truthahn ist doch keine zwanzig Dukaten wert.»

«Warum nicht?», antwortet der Hodscha. «Gerade wurde ein sehr viel kleinerer Vogel für fünfzehn Dukaten verkauft.»

«Aber das war ein Papagei, er kann sprechen wie ein Mensch», sagen die Händler.

«Mag jener Vogel sprechen, dieser hier kann denken», gibt der Hodscha zurück.

WIE GROSS IST DIE WELT?

Eines Tages begegnet der Hodscha einem Freund, der ihn zum Spaß fragt: «Hodscha, wie groß ist die Welt?»

In diesem Augenblick geht ein Leichenzug vorüber.

Der Hodscha deutet auf den Sarg und sagt: «Lauf und frag den da. Er hat die Welt ganz durchmessen, jetzt verlässt er sie.»

HANGİMİZİ DAHA ÇOK SEVİYORSUN

Hoca'nın iki karısı vardır. Bir gün iki karısı Hoca'ya: «Hangimizi daha çok seviyorsun» diye sorar.

Birisine seni daha çok seviyorum dese, öteki küsecek. Zor durumda kalan Hoca: «Ben ikinizi de seviyorum» der.

Ama iki kadın da: «Hangimizi daha çok seviyorsun, onu söyle» diye inatlaşırlar.

Eski karısı: «Örneğin, ikimiz de Akşehir gölünde kayık gezintisi yaparken, kayık devrilse ve ikimiz de suya düşsek. Sen de kıyıda bizim suya düştüğümüzü görsen. Hangimizi önce kurtarırdın» diye sorar.

Hoca'yı ter basar, eski karısına dönerek: «Sen azıcık yüzme biliyordun değil mi, karıcığım» der.

RAMAZAN

Hoca'ya köylüler sorarlar: «Hoca, mübarek Ramazan bitmek üzere. Ramazan bizden memnun kaldı mı acaba, ne dersin?»

Hoca: «Memnun olmasa, her yıl on gün önce gelir mi hiç» cevabını verir.

WEN VON UNS BEIDEN LIEBST DU MEHR?

Der Hodscha hat zwei Frauen. Eines Tages fragen sie den Hodscha: «Wen von uns beiden liebst du mehr?»

Der Hodscha weiß, wenn er einer von beiden den Vorzug gibt, wird die andere beleidigt sein. In diesem Dilemma antwortet der Hodscha: «Ich liebe euch beide.»

Aber die Frauen lassen einfach nicht locker: «Sag doch, wen von uns liebst du mehr?»

«Nehmen wir mal an», sagt die Ältere, «wir beide fahren mit dem Boot auf dem See von Akşehir, das Boot kentert, und wir fallen beide ins Wasser. Du stehst am Ufer und siehst es. Wen würdest du zuerst retten?»

Dem Hodscha bricht der Schweiß aus. Er wendet sich an die Ältere und fragt: «Du könntest dich doch ein Weilchen über Wasser halten, meine Liebe, oder?»

DER RAMADAN

Die Bauern wollen vom Hodscha wissen: «Hodscha, der heilige Fastenmonat Ramadan geht zu Ende. Was meinst du, war er mit uns zufrieden?»

«Wenn er nicht zufrieden wäre», erwidert der Hodscha, «würde er dann jedes Jahr zehn Tage früher kommen?»

SÖZÜMÜ TUTMAZ

Hoca Sivrihisar'da hatiplik yaparken, şehirde görevli hakimle kavga eder. Araları açılır. İkisi de birbirinden hoşlanmazlar.

Bir gün hakim ağır hastalanır ve ölüm döşeğindedir. Telkin için Hoca'ya ihtiyaç vardır. Hakimin yakınları Hoca'ya giderler: «Gel de telkin ver» derler.

Hoca: «Başka bir hoca bulun. O benimle kavgalıdır. Zaten sözümü tutmaz» der.

FIRTINA ATTI

Hoca bir bahçenin yanından geçerken, bahçede sapsarı kavun, yemyeşil karpuzları görünce dayanamaz. Bahçenin çitinden atlayıp içeri girer, kopardığı kavun ve karpuzları bir torbaya doldurmaya başlar.

Tam bu sırada bahçivan çıkıp gelir. Hoca'nın yakasına yapışır: «Hoca, sen ne arıyorsun benim bahçemde» der.

Hoca gayet sakin: «Akşamki deli fırtına beni buraya fırlattı. Benim suçum yok» diye karşılık verir.

Bahçivan: «Peki, bu çuvalın içindeki kavunu karpuzu kim kopardı» diye sorar.

Hoca sakinliğini bozmaz: «Fırtınaya karşı durmak için kavuna karpuza tutunmaya çalıştım. Onlar da elime geldi» der.

Bahçivan şaşkın şaşkın: «İyi ama, bunları çuvala kim doldurdu» diye bağırır.

Hoca: «Doğru, ben de deminden beri bunu düşünüyordum» der.

ER WIRD MIR NICHT ZUHÖREN

Als der Hodscha in Sivrihisar predigt, gerät er mit dem dortigen Richter in Konflikt. Bald sind die beiden total zerstritten. Sie können einander nicht ausstehen.

Doch dann wird der Richter schwer krank und liegt im Sterben. Zum Vorsprechen des Glaubensbekenntnisses braucht er den Hodscha. Die Angehörigen des Richters fordern ihn auf: «Komm und sprich das Glaubensbekenntnis.»

«Sucht einen anderen Hodscha. Der Richter liegt mit mir im Streit. Er wird mir nicht zuhören.»

DER STURMWIND HAT MICH HERGEWEHT

Als der Hodscha in einem Garten leuchtend gelbe Honigmelonen und dunkelgrüne Wassermelonen sieht, kann er einfach nicht widerstehen. Er klettert über den Zaun in den Garten, pflückt ein paar Honig- und Wassermelonen und fängt an, sie in einen Sack zu stecken.

In dem Moment taucht der Gärtner auf. Er packt den Hodscha am Kragen. «Was hast du in meinem Garten verloren, Hodscha?», fragt er.

«Der Sturmwind am Abend hat mich hergeweht, ich kann nichts dafür», gibt der Hodscha seelenruhig zur Antwort.

«Und wer hat die Melonen in deinem Sack da gepflückt?», fragt der Gärtner weiter.

Der Hodscha lässt sich nicht aus der Ruhe bringen. «Ich wollte mich an ihnen festhalten, um nicht weggeweht zu werden, und sie sind in meiner Hand geblieben», sagt er.

Der Gärtner ist sprachlos. Dann schreit er den Hodscha an: «Gut, aber wie sind sie in deinen Sack gekommen?»

Darauf der Hodscha: «Stimmt. Darüber habe ich mir auch gerade Gedanken gemacht.»

BİLENLER BİLMEYENLERE SÖYLESİN

Nasreddin Hoca bir gün Akşehir'de camide vaaz vermek için kürsüye çıkar. «Ey cemaat, benim şimdi size ne söyleyeceğimi biliyor musunuz» diye sorar.

Cemaat bilmiyoruz cevabını verir.

Hoca: «Siz bilmezseniz ben size ne söyleyim» der ve kürsüden inip gider.

Hoca ertesi gün yine vaaz için kürsüye çıkar ve topluluğa yine aynı soruyu sorar: «Ey cemaat, benim şimdi size ne söyleyeceğimi biliyor musunuz?»

Cemaat Hoca'yı bu sefer kaçırmamak için hep bir ağızdan «biliyoruz» diye bağırır.

Hoca: «Eğer biliyorsanız, benim söylememe ne gerek var» deyip kürsüden iner ve cemaati yüzüstü bırakır gider.

Cemaat ertesi gün yine aynı soruyu sormasını beklediği Hoca'yı bu sefer kesinlikle kaçırmamak için hazırlık yapar. Aralarında «yarımız biliyoruz yarımız bilmiyoruz» diye bağıralım kararını alırlar.

Hoca camide kürsüye çıktığında cemaate yine aynı soruyu sorar. Cemaatin yarısı planlandığı gibi bilmiyoruz, yarısı biliyoruz cevabını verir.

Hoca: «Bilenler bilmeyenlere söylesin» deyip çeker gider.

DIE WISSENDEN SOLLEN ES DEN UNWISSENDEN SAGEN

Eines Tages besteigt Nasreddin Hodscha in der Moschee in Akşehir die Kanzel, um zu predigen. «Ihr Gläubigen, wisst ihr, worüber ich jetzt sprechen werde?», fragt er.

Die Gläubigen antworten, sie wüssten es nicht.

«Wenn ihr es nicht wisst, was soll ich euch dann sagen?», erwidert der Hodscha. Damit steigt er von der Kanzel.

Am nächsten Tag besteigt der Hodscha erneut die Kanzel und stellt der Gemeinde dieselbe Frage: «Ihr Gläubigen, wisst ihr, worüber ich jetzt sprechen werde?»

Damit der Hodscha nicht wieder wegläuft, ruft die Gemeinde wie aus einem Munde: «Ja.»

«Wenn ihr es wisst, dann brauche ich es euch ja nicht mehr zu sagen», erwidert er, steigt von der Kanzel herunter und lässt die Gläubigen stehen.

Am folgenden Tag erwartet die Gemeinde vom Hodscha die Frage erneut, und damit er ihnen diesmal auf keinen Fall wegläuft, haben sie vereinbart, dass die eine Hälfte «Ja» und die andere Hälfte «Nein» ruft.

Der Hodscha steigt auf die Moscheekanzel und stellt die erwartete Frage. Wie verabredet, sagt die eine Hälfte der Gläubigen «Ja», die andere Hälfte «Nein».

«Diejenigen, die es wissen, sollen es denen sagen, die es nicht wissen», erwidert der Hodscha.

NAMAZA NİYE GELMEDİNİZ

Nasreddin Hoca hakkında polise şikayet gider. Polis, ifadesini almak için Hoca'yı karakola çağırır. Ama Hoca gitmez.

Üç kez gelen yazılı çağrıya Hoca cevap vermeyince, polis gelir, Hoca'yı alıp karakola götürür.

Polis ve savcı: «Hoca, biz seni üç kez çağırdık. Niye gelmedin» diye sorarlar.

Hoca: «Ben her gün beş vakit ezan okuyup sizi namaza çağırıyorum. Siz niye gelmediniz» diye sorar.

BENCİL KASAP

Mahallenin bencil bir kasabı vardır. Bir gün göl kenarında gezinirken, kasap göle düşer ve yüzme bilmediği için suda imdat diye çırpınmaya başlar.

Oradakiler hemen kasabın yardımına koşarlar ve kasabı sudan çekip çıkarmak için ellerini uzatarak, kasaba: «Elini ver, elini ver» diye bağırırlar.

Ama kasap bir türlü elini vermez. Kasap tam boğulmak üzereyken Nasreddin Hoca gelir ve «Yahu, o vermeyi bilmez. Siz, elimi al deyin, hemen elini uzatır» der.

WARUM SEID IHR NICHT ZUM GEBET GEKOMMEN?

Jemand hat Nasreddin Hodscha angezeigt. Die Polizei bestellt ihn zur Vernehmung aufs Revier, aber der Hodscha kommt nicht.

Als er der dreimaligen schriftlichen Aufforderung nicht Folge leistet, kommt die Polizei und bringt ihn aufs Revier.

Polizei und Staatsanwalt wollen wissen: «Wir haben dich dreimal aufgefordert, Hodscha. Warum bist du nicht gekommen?»

Da erwidert der Hodscha: «Ich fordere euch jeden Tag fünfmal zum Gebet auf. Warum seid ihr nicht gekommen?»

DER EGOISTISCHE METZGER

In dem Viertel lebt ein Metzger, der stets seinen Vorteil sucht. Als er eines Tages am Seeufer spazieren geht, fällt er ins Wasser, und da er nicht schwimmen kann, ruft er verzweifelt zappelnd um Hilfe.

Leute eilen herbei und strecken ihm ihre Hand hin, um ihn herauszuziehen. «Reich uns deine Hand, reich uns deine Hand!», rufen sie.

Aber der Metzger streckt seine Hand nicht aus. Als er nahe daran ist zu ertrinken, kommt Nasreddin Hodscha und sagt: «Leute, der kann nicht geben. Ihr müsst rufen: Nimm meine Hand!, dann wird er sie sofort ausstrecken.»

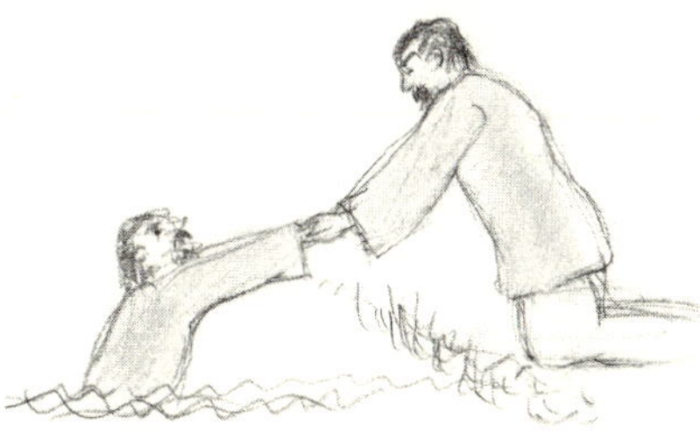

MANDALAR YESİN

Nasreddin Hoca, vali ve bazı üst düzey devlet adamlarıyla bir davete katılır. Masada yemek yerken, biri hocaların çok yemek yediğine dair bir fıkra anlatır:

Hoca ile manda bir bostana düşmüş. Köylüler arasında, «hangisini çıkaralım» diye tartışma başlamış. Kimi: «Mandayı çıkaralım, o çok yer» demiş. Kimi ise: «Yok, hocayı çıkaralım, hoca daha fazla yer» demiş.

Masadakiler fıkraya katıla katıla gülerler. Fıkrayı dinleyen Hoca, sofradan kalkıp kanepeye oturur.

Hoca'nın alındığını gören masadakiler: «Oh Hoca, hayırdır, niye kalktın? Ne çabuk doydun böyle» diye Hoca'yla alay etmek isterler.

Hoca: «Hoca çıktı, gelsin mandalar yesin» cevabını verir.

GÜL FİDANLARI

Hoca sabahleyin bahçesine birkaç tane gül fidanı diker, akşam söker. Ertesi gün aynı fidanları yeniden diker, akşam tekrar söker.

Bunu gören komşuları şaşırırlar ve Hoca'nın bu yaptığına bir anlam veremezler.

Komşuları gidip Hoca'ya sorarlar: «Hoca, sen sabahları bu fidanları dikiyorsun, ama akşamları yeniden söküyorsun. Nedir, anlamadık» derler.

Hoca: «Hiç sormayın. Bakın, ortalık hırsız kaynıyor. İnsanın malı hep gözünün önünde olmalı» der.

SOLLEN DOCH DIE BÜFFEL FRESSEN

Nasreddin Hodscha nimmt an einem Essen mit dem Gouverneur und hohen Staatsmännern teil. Bei Tisch erzählt jemand folgenden Witz über die Geistlichen, die viel essen:

Der Hodscha und der Büffel befinden sich beide in einem Garten. Die Bauern sind sich uneins, wen von den beiden sie rausholen sollen. Die einen sagen: «Wir holen den Büffel raus, der frisst viel», die anderen: «Nein, lieber den Hodscha, der ist noch viel gefräßiger.»

Alle am Tisch schütten sich aus vor Lachen. Der Hodscha jedoch, der auch zugehört hat, steht auf und setzt sich auf das Sofa.

Als die Gäste am Tisch sehen, dass der Hodscha beleidigt ist, sagen sie spöttisch: «Hodscha, nanu. Warum bist du aufgestanden? Bist du etwa schon satt?»

«Der Hodscha ist gegangen», erwidert der Hodscha, «sollen doch die Büffel fressen.»

DIE ROSENBÜSCHE

Am Morgen pflanzt der Hodscha in seinem Garten ein paar Rosenbüsche, am Abend reißt er sie wieder heraus. Am nächsten Tag pflanzt er sie erneut und reißt sie am Abend wieder heraus.

Die Nachbarn, die ihn dabei beobachten, wundern sich und rätseln darüber, was der Hodscha da macht.

Sie gehen zu ihm und fragen: «Hodscha, am Morgen pflanzt du Rosenbüsche, am Abend reißt du sie wieder heraus. Was hat das für einen Sinn?»

«Fragt nicht», gibt der Hodscha zurück. «Seht mal, hier wimmelt es von Dieben. Man darf seinen Besitz nie aus den Augen verlieren.»

KAVUK YOK

Nasreddin Hoca sıcak bir havada yürüyüşe çıkar. Ama sıcaktan çabuk yorulur. Köy meydanında oynayan çocukları görünce, Hoca bir ağacın gölgesine oturup çocukları seyre dalar.

Mahallenin yaramaz çocuğu, Hoca görmeden ağacın arkasından yaklaşıp Hoca'nın başındaki kavuğu kaptığı gibi kaçar.

Hoca, ne oluyor demeye kalmadan, çocuklar kavuğu birbirine atarak, oynamaya başlarlar. Hoca, kavuğu elinde tutan çocuğa yaklaşınca, çocuk kavuğu bir ötekine atar. Hoca, ortada koşturup durur.

Bakar ki, çocuklarla başa çıkamayacak, bırakıp eve gider. Karısı onu kavuksuz görünce şaşırır: «Hoca, sen kavuğunu hiç başından çıkarmazdın, kavuğun nerde» diye sorar.

Hoca: «Sorma hanım, benim kavuk çocukluğunu özlemiş, çocuklarla oyun oynuyor» der.

OHNE TURBAN

An einem heißen Tag macht sich Nasreddin Hodscha zu einem Spaziergang auf, doch die Hitze lässt ihn schnell ermatten. Als er auf dem Dorfplatz Kinder spielen sieht, setzt er sich in den Schatten eines Baumes und schaut ihnen zu.

Doch der Lausebengel des Viertels schleicht sich von hinten an den Hodscha heran, schnappt ihm den Turban vom Kopf und rennt damit weg.

Ehe der Hodscha so recht versteht, was geschehen ist, werfen die Kinder einander den Turban zu und spielen damit. Wenn der Hodscha auf das Kind zuläuft, das den Turban in der Hand hält, wirft es den Turban einem anderen Kind zu, und so rennt der Hodscha nur hin und her.

Als er sieht, dass er mit den Kindern nicht fertigwird, gibt er auf und geht nach Hause. Seine Frau sieht ihn ohne Turban und fragt: «Du nimmst doch deinen Turban sonst nie ab, Hodscha, wo ist er denn?»

«Frag nicht, Frau», antwortet der Hodscha. «Mein Turban hat Sehnsucht nach seiner Kindheit bekommen und spielt mit den Kindern.»

HOCA BAYILDI

Hoca bir kış sabahı uyanır ki, gece çok kar yağmış ve evin bacası kalın kar yığını altında kalmış.

Hoca kalkıp karları kürümeye başlar. Ama birden ayağı kayıp damdan aşağı düşer.

Komşular Hoca'nın düşüp kalkamadığını görünce, yardımına koşarlar. Bakarlar ki, Hoca bayılmış.

Biri: «Hemen doktor çağıralım», öteki: «Bir sınıkçı getirelim» diye tartışırken, ayılıp kendine gelen Hoca, belini tutarak: «Bırakın münakaşayı. Siz bana daha önce damdan düşmüş birini bulup getirin» der.

DÖVEREK HELVA YEDİRİYORLAR

Adamın biri Konya'da çarşıda dolaşırken, vitrinde helvaları görünce içi gider. Ama parası yoktur. Helvacı dükkanına girip sadaka helva ister.

Helvacı olmaz deyince, canı çok helva çeken adam kendini tutamaz ve tezgahta duran tepsideki helvaları yemeye başlar.

Helvacı: «Be adam, sen ne yapıyorsun» diye adamı kovmaya çalışır. Ama adam bu sefer helvaları avuç avuç ağzına tıkmaya başlar. Helvacı bunun üzerine adama tekme tokat girişir.

Dükkana helva almak için giren Hoca manzarayı görünce, öteki müşterilere dönerek: «Şu Konyalılar da ne garip insanlar. İnsana döve döve helva yediriyorlar» der.

DER HODSCHA IST BEWUSSTLOS

Als der Hodscha eines Wintermorgens aufwacht, hat es geschneit, und auf dem Schornstein des Hauses liegt eine dicke Schneedecke.

Der Hodscha steht auf, klettert aufs Dach und fängt an, den Schnee wegzuschaufeln. Dabei rutscht er aus und fällt runter.

Als die Nachbarn sehen, dass er nicht mehr aufstehen kann, eilen sie herbei, um ihm zu helfen, und sehen, dass der Hodscha bewusstlos ist.

Einer sagt: «Holen wir schnell einen Arzt», ein anderer: «Holen wir den Einrenker», und so geht es hin und her. Unterdessen ist der Hodscha wieder zu sich gekommen und hält sich den Rücken. «Hört auf zu diskutieren», sagt er, «und holt mir jemanden, der schon mal vom Dach gefallen ist.»

ZUM HELVAESSEN GEPRÜGELT

Ein Mann spaziert über den Markt von Konya, und als er in einem Schaufenster Helva entdeckt, betritt er den Laden. Er hat jedoch kein Geld. Er betritt also den Laden und bettelt um ein bisschen Helva.

Als der Helvabäcker ihn abweist, kann sich der Mann nicht länger beherrschen. Er stürzt auf die Ladentheke zu, wo das Blech mit dem Helva steht, und macht sich darüber her.

«He, was machst du da?», ruft der Helvabäcker und versucht, den Mann zu vertreiben. Der aber greift mit der ganzen Hand nach dem Helva und stopft es in sich hinein. Daraufhin versetzt der Helvabäcker dem Mann Fußtritte und Schläge.

In dem Moment betritt der Hodscha den Laden, um Helva zu kaufen. Er sieht die Szene und sagt zu den anderen Kunden: «Was sind die Bewohner von Konya doch für seltsame Menschen. Sie nötigen die Leute mit Prügeln zum Helvaessen.»

CİMRİ SUBAŞI

Nasreddin Hoca kentteki cimri subaşını hiç sevmezmiş.

Bir gün subaşı Hoca'ya: «Senin çevren geniş. Bana bir tazı lazım. Tavşan kulaklı, ince belli bir tazı bul bana» der.

Hoca, şişman bir sokak köpeğinin boynuna bir ip takıp tazı diye subaşına götürür.

Subaşı, sokak köpeğini görünce, öfkelenir: «Hocaefendi, ben sana tazı dedim, sokak köpeği değil» diye bağırır.

Hoca: «Merak etme, o senin yanında bir aya kalmadan tazı gibi olur» der.

DER GEIZIGE BEAMTE

Nasreddin Hodscha kann den geizigen Beamten, der für die Wasserversorgung der Stadt zuständig ist, nicht ausstehen.

Eines Tages sagt der Beamte zum Hodscha: «Du kennst doch viele Leute. Ich brauche einen Windhund. Besorge mir einen schlanken Windhund, der Ohren hat wie ein Hase.»

Der Hodscha packt einen fetten Straßenhund am Genick, bindet ihm eine Leine um den Hals und bringt ihn zu dem Beamten.

Als der den Straßenhund sieht, wird er ärgerlich und fährt den Hodscha an: «Ich habe dir doch gesagt, einen Windhund, keinen Straßenköter.»

«Keine Sorge», erwidert der Hodscha, «wenn dieses Tier einen Monat lang an deiner Seite ist, wird es wie ein Windhund.»

BORCUN VAR MI

Zengin biri Hoca'nın toplumda kendisinden daha çok sevilmesini kıskanır.

Hoca'yı halkın içinde küçük düşürmek ister. «Hoca, senin borcun var mı» diye sorar.

Hoca anlar adamın düşüncesini ve «Var» der, «bakkala biraz borcum var.»

Zengin adam: «Aman Hocaefendi, ben namaz borcun var mı diye soruyorum» der.

Hoca: «Namaz borcunu bana Allah sorar. Sen ancak bakkal borcumu sorabilirsin» cevabını verir.

BAYRAM NİYE

Hoca Ramazan'da iftara davet edilir.

Ev sahibi iftarda Hoca'ya dindar olduğunu göstermek için: «Aah, şu Ramazan ne güzel. Keşke her yıl iki kez gelse» der.

Hoca: «Öyleyse, Ramazan bitti diye niye bayram ediyorsun? İnsan sevdiği gidince, bayram eder mi» diye karşılık verir.

ÇAYLAK

Hoca'ya sorarlar: «Hocam, anlatılanlara göre çaylaklar bir yıl içinde altı ay erkek, altı ay dişi olurmuş, doğru mudur acaba?»

Hoca: «Bu soruya doğru cevap verebilmek için bir yıl çaylak olmak gerekir» der.

HAST DU SCHULDEN?

Ein Reicher beneidet den Hodscha, weil er bei den Leuten beliebter ist als er.

Um ihn in aller Öffentlichkeit bloßzustellen, fragt er ihn: «Hodscha, hast du Schulden?»

Der Hodscha begreift, was der Mann im Schilde führt, und antwortet: «Ja, dem Krämer schulde ich ein bisschen was.»

«Verehrter Hodscha», sagt der Reiche, «ich meinte Gebetsschulden.»

Der Hodscha: «Nach den Gebetsschulden fragt mich Gott. Du kannst mich nur nach den Schulden beim Krämer fragen.»

WARUM FEIERN?

Im Ramadan wird der Hodscha zum Fastenbrechen eingeladen.

Um sich dem Hodscha gegenüber fromm zu zeigen, sagt der Gastgeber: «Ach, wie schön ist doch dieser Fastenmonat. Wenn er nur zweimal im Jahre wäre.»

«Wenn es so ist», erwidert der Hodscha, «warum feierst du dann das Ende des Ramadan? Man feiert doch nicht, wenn man etwas verliert, das man mag.»

DER MILAN

Der Hodscha wird gefragt: «Lieber Hodscha, man sagt, dass der Milan sechs Monate im Jahr männlich und sechs Monate weiblich ist. Stimmt das?»

«Um diese Frage korrekt zu beantworten, müsste ich ein Jahr lang ein Milan sein», erwidert der Hodscha.

GEVEZE İLE HOCA

Bir akşam bir toplulukta gevezenin biri noktasız virgülsüz konuşur. Kendisine hiç konuşma fırsatı düşmeyen Hoca, sıkıntıdan durmadan esner.

Geveze adam toplantı bitince, kendisiyle vedalaşan Hoca'ya: «Hocam, sen hiç ağzını açmadın» der.

Hoca: «Açmaz olur muyum. Nerdeyse ağzım yırtılacaktı» der.

AKILSIZ HIRSIZ

Hoca uykuya dalmak üzereyken, hırsızın evden içeri girmek için damda dolaştığını duyar.

Hoca hemen karısını uyandırır: «Hanım, geçen gece ben eve biraz geç geldiğimde, sen derin uykudaydın. Kapıyı çaldım, sen duymadın. Seni uyandıramayacağımı anlayınca, içimden bir dua okuyup ay ışığına tutunarak, balkondan içeri girdim. Hatırlıyorsun değil mi» der.

Hanımı: «Hangi duayı okudun» diye sorar.

Hoca, duayı okur. Damda konuşulanları dinleyen hırsız, duayı ezberler ve aynı duayı okuyarak ay ışığına tutunmaya çalışırken, paldır küldür damdan aşağı düşer.

Hoca kalkar: «Hanım, hemen mum getir. Hırsız düştü yakalayalım» der.

Hırsız: «Merak etme, Hoca. Sende bu dua, bende bu akıl olduğu müddetçe, ben bu halimle kalkıp bir yere kaçamam» der.

DER HODSCHA UND DER SCHWÄTZER

Eines Abends redet der Teilnehmer einer Versammlung ohne Punkt und Komma. Der Hodscha findet keine Gelegenheit, etwas zu sagen, und aus Langeweile gähnt er unablässig.

Als die Versammlung zu Ende ist, verabschiedet sich der Schwätzer vom Hodscha mit den Worten: «Lieber Hodscha, du hast ja den Mund gar nicht aufgemacht.»

«Von wegen», antwortet der Hodscha. «Ich hätte mir fast die Kinnlade ausgerenkt.»

DER DUMME DIEB

Als der Hodscha gerade einschlafen will, hört er auf dem Dach einen Dieb umhergehen.

Er weckt sofort seine Frau und sagt: «Frau, als ich neulich spät in der Nacht nach Hause kam, hast du tief und fest geschlafen. Ich habe geklopft, aber du hast mich nicht gehört. Als ich sah, dass ich es nicht schaffen würde, dich zu wecken, habe ich still für mich ein Gebet gesprochen und mich am Mondlicht entlang über den Balkon ins Haus getastet. Du erinnerst dich doch, oder?»

«Was für ein Gebet hast du gesprochen?», will die Frau wissen.

Der Hodscha spricht das Gebet. Der Dieb auf dem Dach hört, was gesprochen wird, und merkt sich das Gebet. Dann spricht er es selber, versucht, sich am Mondlicht entlangzutasten, und stürzt holterdiepolter vom Dach.

Der Hodscha steht vom Bett auf. «Frau, bring mir schnell eine Kerze. Der Dieb ist runtergefallen, jetzt krieg ich ihn.»

«Keine Sorge, Hodscha», sagt der Dieb, «bei deinem Gebet und bei meinem kurzen Verstand kann ich in diesem Zustand nicht aufstehen und weglaufen.»

NEZLEYİM

Timur bir gün Hoca ve köylüleri sarayına davet eder. Yemekler yenilir, kahveler içilir.

Sohbet esnasında Timur sorar: «Nasıl buldunuz sarayımı?»

Köylülerden biri: «Çok güzel, ama kokuyor» der.

Timur çok kızar: «O ne biçim söz, vurun şunun başını» der.

Timur ikinci köylüye sorar: «Koku var mı?»

İkinci köylü: «Mis gibi efendim» der. Timur ona da kızar: «Bunun da başını vurun» der.

Sıra Hoca'ya gelir. Timur, Hoca'ya da: «Koku var mı» diye sorar.

Hoca: «Padişahım nezleyim. Burnum koku almıyor» der.

OKUYAN EŞEK

Adamın biri Timur'a iyi bakımlı bir eşek hediye eder. Eşeği öve öve bitiremeyen adam: «Padişahım, bu eşek Hoca'nın elinde olsa, okumayı bile öğrenir» der.

Timur, Hoca'ya dönüp: «Al bu eşeği, eti senin kemiği benim. Ne yap yap okumayı öğret» der.

ICH BIN ERKÄLTET

Timur hat den Hodscha und die Bauern in seinen Palast eingeladen. Man isst, und man trinkt Kaffee.

Während sie sich so unterhalten, fragt Timur: «Wie findet ihr meinen Palast?»

Einer der Bauern sagt: «Sehr schön, aber es stinkt.»

Verärgert über diese Antwort, sagt Timur: «Was redest du da? Schlagt ihm den Kopf ab.»

Timur fragt einen anderen Bauern: «Stinkt es?»

«Es duftet», erwidert der Bauer. Auch über diesen Mann ärgert sich Timur. «Schlagt auch ihm den Kopf ab», befiehlt er.

Jetzt ist der Hodscha an der Reihe. Timur fragt ihn: «Stinkt es?»

«Mein Padischah, ich bin erkältet. Ich kann nichts riechen», erwidert er.

DER ESEL, DER LESEN KANN

Jemand hat Timur einen stattlichen Esel zum Geschenk gemacht. Der Mann hört gar nicht mehr auf, den Esel zu loben. «Mein Padischah», sagt er, «wenn der Hodscha diesen Esel in die Hände bekäme, würde er sogar lesen lernen.»

Da wendet sich Timur an den Hodscha: «Nimm diesen Esel, ich vertraue ihn dir an. Bring ihm das Lesen bei.»

Hoca çaresiz, eşeği alıp eve gider ve uzun uzun düşünür: Eğer eşeğe okumayı öğretemezsem, Timur beni köylünün huzurunda rezil eder.

Hoca'nın aklına bir fikir gelir. Bir kitapçıya gidip deri kaplı bir kitap alır. Sayfalarının arasına arpa serpiştirir. Eşeği birkaç gün aç bıraktıktan sonra kitabı getirip eşeğin önüne tutar ve sayfa sayfa çevirip arpaları eşeğe yedirir.

Hoca bunu defalarca yaparak, eşeği alıştırır. Eşek artık kendi başına diliyle sayfaları çevirip arpaları yemeye, kitabın sonunda arpa bitince de anırmaya başlar.

Hoca, artık Timur'un karşısına çıkma vakti geldi diye düşünür. Eşeğe bir gün yem vermeyip aç bırakır. Hoca ertesi gün eşekle Timur'un karşısına sınava çıkar ve sarayın avlusunun ortasına bir masa konulmasını ister. Köylüler de seyirci olarak avluya toplanır.

Hoca sayfaların arasına arpa serpiştirdiği kitabı masanın üstüne koyar. Aç eşeği masanın yanına getirip bırakır. Timur ve köylüler olup bitenleri merakla izlerler.

Eşek diliyle sayfaları çevirerek, arpaları yemeye başlar. Yerken tuhaf sesler çıkaran eşek, kitabın sonunda arpa bitince, anırmaya başlar.

Hoca: «İşte gördünüz mü? Eşek kitabın sayfalarını evire çevire okudu» der.

Herkes şaşkın şaşkın bakarken, biri çıkıp: «Hoca, eşeğin okumasına bir diyeceğimiz yok ama, okuduğu anlaşılmıyor ki» der.

Hoca: «Tabi anlamazsın. O eşekçe okudu. Onun dilini anlamak için eşek olmak gerek» der.

Der Hodscha ist ratlos, aber er nimmt den Esel mit nach Hause und überlegt hin und her: Wenn ich es nicht schaffe, dem Esel das Lesen beizubringen, wird Timur mich dem Gespött der Bauern preisgeben.

Auf einmal fällt ihm etwas ein. Er geht in eine Buchhandlung und kauft ein Buch mit Ledereinband. Zwischen die Buchseiten streut er Gerste. Er gibt dem Esel ein paar Tage lang kein Futter, dann holt er das Buch, hält es vor den Esel und lässt ihn, Seite für Seite umblätternd, die Gerste fressen.

Nach einigen Wiederholungen gewöhnt sich der Esel an diese Prozedur. Er wendet sogar selbst die Seiten mit seiner Zunge um, damit er die Gerste fressen kann, und wenn am Ende keine Gerste mehr da ist, fängt er an zu schreien.

Jetzt ist es an der Zeit, vor Timur zu treten, denkt der Hodscha. Er gibt dem Esel einen Tag lang kein Futter, sodass er hungrig bleibt. Am nächsten Tag bricht er zu Timur auf, um die Prüfung abzulegen. Er bittet darum, im Hof des Palastes einen Tisch aufzustellen. Die Bauern versammeln sich als Zuschauer im Hof.

Das Buch, zwischen dessen Seiten er Gerste gestreut hat, legt der Hodscha auf den Tisch. Dann führt er den hungrigen Esel zu dem Tisch. Timur und die Bauern verfolgen gespannt, was passiert.

Der Esel blättert mit der Zunge die Seiten um und frisst die Gerste. Dabei stößt er seltsame Laute aus, und als am Ende des Buches keine Gerste mehr da ist, fängt er an zu schreien.

«Seht ihr?», sagt der Hodscha. «Der Esel hat Seite für Seite umgeblättert und das Buch gelesen.»

Alle sind verblüfft über das, was sie gerade gesehen haben, und einer meint: «Wir sagen nicht, dass der Esel nicht lesen kann, Hodscha, aber man versteht nicht, was er da liest.»

«Natürlich nicht», erwidert der Hodscha. «Er liest in der Eselsprache. Nur ein Esel kann diese Sprache verstehen.»

YAYLA ÇORBASI

Hoca'nın bir gün canı bol naneli yayla çorbası çeker. «Ah, şimdi olsa da sıcak sıcak içsem, ne iyi olurdu» diye hayal kurar.

Tam o sırada kapı çalar ve komşunun çocuğu elinde bir tas içeri girer.

Çocuk: «Hocaefendi, beni size babam gönderdi. Hoca bol naneli yayla çorbası versin de içelim dedi.»

Hoca: «Hay Allah, komşular hayalimin bile kokusunu alıyor» der.

NERDE DÜŞÜRDÜN

Hoca evin anahtarını kaybeder ve bahçede aramaya başlar.

Hanımı: «Ne arıyorsun öyle ahlaya puflaya» der.

Hoca: «Anahtarımı kaybettim onu arıyorum» der.

Hanımı: «Anahtarı nerde düşürdün» diye sorar.

Soruya kızan Hoca: «Nerde düşürdüğümü bilsem hiç ararmıyım» cevabını verir.

JOGHURTSUPPE

Eines Tages bekommt der Hodscha Appetit auf Joghurtsuppe mit viel Pfefferminze. «Ach», träumt er vor sich hin, «wenn ich jetzt eine schöne warme Joghurtsuppe essen könnte.»

Da klopft es an der Tür, und das Nachbarskind kommt mit einer Schüssel in der Hand herein.

«Verehrter Hodscha», sagt das Kind, «mein Vater schickt mich zu Euch. Der Hodscha möchte uns bitte Joghurtsuppe mit viel Pfefferminze zum Essen geben, hat er gesagt.»

«O mein Gott», ruft der Hodscha, «die Nachbarn riechen sogar den Duft meiner Träume!»

WO HAST DU IHN VERLOREN?

Der Hodscha hat seinen Haustürschlüssel verloren und sucht ihn in seinem Garten.

«Was suchst du so verzweifelt?», fragt seine Frau.

«Ich suche meinen Schlüssel», antwortet er.

«Wo hast du ihn denn verloren?», fragt seine Frau.

Da wird der Hodscha wütend. «Wenn ich wüsste, wo ich ihn verloren habe, bräuchte ich ihn nicht zu suchen», sagt er.

ANADAN YENİ DOĞMUŞ GİBİ

Adamın biri Hoca'ya gelir ve evinin dar olmasından yakınır. Hoca'dan çare önermesini ister.

Hoca, adamı iyice dinledikten sonra: «Şimdi git evine, keçiyi içeri al» tavsiyesinde bulunur.

Adam, ertesi gün geri gelir: «Aman Hocam, ev daha da daraldı. Sıkıntım azalmayıp arttı» diye şikayet eder.

Hoca adamı dinler: «Şimdi git, tavukları da içeri al» der.

Adam ertesi gün yine gelir: «Hocaefendi, sıkıntı daha da arttı» der.

Hoca bu sefer: «Eve git ve ineği de içeri al» diye önerir.

Adam ertesi gün tekrar gelir: «Hocam, sıkıntıdan patlamak üzereyim.»

Hoca: «Şimdi eve git, keçiyi evden çıkar» der.

Ertesi gün adam gelir: «Oh be Hoca, birazcık rahatladım. Ama tam değil» der.

Hoca: «Şimdi git, tavukları evden çıkar» der.

Adam ertesi gün gelir: «Hoca, şimdi biraz daha rahatladım» der.

Hoca: «Şimdi git, ineği de evden çıkar. Evi güzelce temizle» diye tavsiye eder.

Adam ertesi gün gelir: «Oh be Hocam, Allah senden razı olsun. Ev bir genişledi bir genişledi ki, anamdan yeni doğmuşa döndüm» der.

WIE NEUGEBOREN

Eines Tages kommt ein Mann zum Hodscha. Er klagt, sein Haus sei zu klein, und erbittet einen Ratschlag.

Der Hodscha hört dem Mann aufmerksam zu, dann sagt er zu ihm: «Jetzt geh heim und hol deine Ziege ins Haus.»

Am nächsten Tag kommt der Mann wieder. «Lieber Hodscha, das Haus ist jetzt noch kleiner. Die drangvolle Enge ist nicht geringer, sondern größer geworden», klagt er.

Der Hodscha hört dem Mann zu. «Jetzt geh heim und hol auch die Hühner ins Haus», sagt er.

Am nächsten Tag kommt der Mann wieder: «Verehrter Hodscha, die drangvolle Enge ist noch schlimmer geworden.»

Diesmal gibt ihm der Hodscha den Rat: «Geh heim und hol auch die Kuh ins Haus.»

Am nächsten Tag kommt der Mann und sagt: «Lieber Hodscha, ich halte es fast nicht mehr aus.»

Darauf der Hodscha: «Jetzt geh heim und tu die Ziege raus.»

Am nächsten Tag kommt der Mann: «Ah, Hodscha, es geht mir schon etwas besser. Aber ganz gut ist es noch nicht.»

«Jetzt geh heim und tu die Hühner raus», sagt der Hodscha.

Am nächsten Tag kommt der Mann: «Hodscha, es ist wieder etwas besser geworden.»

«Jetzt geh und tu die Kuh raus», empfiehlt er ihm, «und dann mach das Haus schön sauber.»

Am folgenden Tag kommt der Mann und sagt: «Ah, lieber Hodscha, Gott möge es dir vergelten. Das Haus ist jetzt dermaßen groß, ich fühle mich wie neugeboren.»

ÖRDEK ÇORBASI

Hoca yolculuk yaparken, bir göl kenarında durur. Karnı acıkmıştır, ama yanında sadece kuru ekmek vardır. Gölde ördekleri görünce, şu ördeklerden birini yakalayıp kızartıp yesem diye düşünür.

Hoca ördeklere yaklaşınca, ördekler uçar gider. Hoca çaresiz kuru ekmeği çantadan çıkarır ve gölün suyuna bandıra bandıra yemeye başlar.

Oradan geçmekte olan biri: «Hocaefendi, afiyet olsun. Ne yiyorsun öyle» diye sorar.

Hoca: «Ördek çorbası» der.

ÜÇ YÜZ DEĞNEK

Bir akşam bekçiler sarhoş bir askeri yakalayıp padişahın karşısına çıkarırlar.

Bekçiler padişaha: «Bu askere ne cezası verelim» diye sorarlar.

Askeri zil zurna sarhoş gören padişah: «Üç yüz değnek vurun» der.

Padişah'ın yanında bulunan Hoca, kahkahayla gülmeye başlar.

Padişah: «Ne oldu Hoca, niye gülüyorsun öyle» diye sorar.

Hoca: «Padişahım, ya siz sayı saymayı bilmiyorsunuz ya da hiç sopa yememişsiniz» der.

ENTENSUPPE

Während einer Reise macht der Hodscha an einem See Rast. Er ist hungrig, aber er hat nur trockenes Brot dabei. Als er die Enten auf dem See sieht, denkt er, wie schön es doch wäre, wenn er eine fangen, braten und essen könnte.

Aber als er sich anschleichen will, fliegen die Enten davon. Wohl oder übel holt der Hodscha das trockene Brot aus der Tasche. Er tunkt es ins Wasser und fängt an zu essen.

Einer, der des Weges kommt, fragt: «Verehrter Hodscha, guten Appetit. Was isst du denn da?»

«Entensuppe», erwidert der Hodscha.

DREIHUNDERT STOCKSCHLÄGE

Eines Abends greifen die Wächter einen betrunkenen Soldaten auf und bringen ihn vor den Padischah.

«Wie sollen wir diesen Soldaten bestrafen?», fragen die Wächter den Padischah.

Der Padischah betrachtet den stockbesoffenen Soldaten und sagt: «Gebt ihm dreihundert Stockschläge.»

Auch der Hodscha ist anwesend, und er fängt an, sich vor Lachen auszuschütten.

«Was ist denn los, Hodscha, warum lachst du so?», fragt der Padischah.

«Mein Padischah, entweder könnt Ihr nicht zählen, oder Ihr wurdet noch nie geschlagen.»

MİNARE

Hoca, Sivrihisarlı bir hemşehrisiyle Konya'ya gider. Kente girerken, yüksek minareleri gören hemşehrisi: «Yahu Hoca, sana bir şey sormak istiyorum. Sen bilirsin. Ben hep merak ederim. Şu yüksek, sivri minareleri nasıl yaparlar?»

Hoca gülümser: «Gayet basit. Kuyuların içini tersine çeviriyorlar, minare oluyor» der.

Hemşehrisi: «Nasıl çeviriyorlar ki» diye sorar.

Hoca: «Ben hocayım, mimarın işine karışmam» der.

YILDIZLARI SAYIN

Hoca Konya'da camide vaaz verirken, cemaate: «Ey cemaat, buranın havasıyla bizim Akşehir'in havası aynı» der.

Cemaat: «Hoca, nerden biliyorsun bunu» diye sorar.

Hoca: «Akşehir'de ne kadar yıldız varsa, burda da o kadar yıldız var. İnanmıyorsanız sayın» der.

DAS MINARETT

Der Hodscha begibt sich mit einem Landsmann aus Sivrihisar nach Konya. Als sie in die Stadt kommen und die hohen Minarette erblicken, sagt sein Landsmann: «Mensch, Hodscha, ich muss dich was fragen, du weißt es bestimmt. Mir war es schon immer ein Rätsel, wie man so hohe, schlanke Minarette baut.»

Der Hodscha lächelt: «Ganz einfach. Man stellt einen Brunnen auf den Kopf, daraus wird dann ein Minarett.»

«Und wie macht man das?», fragt der andere.

«Ich bin ein Geistlicher, in die Angelegenheit eines Architekten mische ich mich nicht ein.»

ZÄHLT DIE STERNE

Der Hodscha predigt in Konya in der Moschee. «Der Himmel in dieser Stadt», sagt er zu den Gläubigen, «ist derselbe wie bei uns in Akşehir.»

«Woher weißt du das?», fragen die Gläubigen.

«Hier gibt es genauso viele Sterne wie in Akşehir. Wenn ihr es nicht glaubt, zählt sie», antwortet der Hodscha.

HER İŞİ TERS

Bir gün Hoca cemaatle camiden çıkarken, bir çocuk koşarak gelir: «Hocam, koş, kaynanan ırmağa düştü. Bir türlü çıkamıyor, boğuldu boğulacak» der.

Köylü ve Hoca birlikte ırmağa koşarlar. Kaynana ırmakta görünmüyordur. Köylüler suyun aktığı yöne doğru kaynanayı aramaya başlarlar. Hoca suyun geldiği tarafa doğru ilerler.

Köylüler: «Hoca, ne yapıyorsun, su bu tarafa akıyor, sen ters yöne gidiyorsun» derler.

Hoca: «Ah, siz kaynanamı bilmezsiniz, her işi terstir onun» der.

KAYIP HEYBE

Hoca bir köye misafir olur. Köyde heybesi kaybolur. Hoca çok kızar ve köylülere: «Çabuk heybemi bulun. Yoksa size yapacağımı bilirim» diye gözdağı verir.

Köylüler Hoca'dan korkup köşe bucak heybeyi arar bulurlar.

Hoca köyden ayrılırken, köylüler merak edip sorarlar: «Yahu Hoca, eğer heybeni bulamasaydık, bize ne yapacaktın?»

Hoca: «Hiç», der. «Evdeki eski kilimi bozup yeni bir heybe yapacaktım.»

IMMER DAS GEGENTEIL

Als der Hodscha eines Tages mit den Gläubigen die Moschee verlässt, kommt ein Kind auf ihn zugerannt und ruft: «Lieber Hodscha, schnell, deine Schwiegermutter ist in den Fluss gefallen! Sie kommt nicht mehr raus, gleich wird sie ertrinken.»

Die Dorfbewohner und der Hodscha eilen an den Fluss. Die Schwiegermutter ist nicht zu sehen. Die Dorfbewohner fangen an, sie flussabwärts zu suchen, aber der Hodscha geht flussaufwärts.

«Hodscha, was machst du denn?», fragen die Umstehenden. «Hier lang fließt der Fluss, du gehst in die verkehrte Richtung.»

Darauf der Hodscha: «Ach, ihr kennt meine Schwiegermutter nicht. Sie macht immer das Gegenteil.»

DIE VERLORENE SATTELTASCHE

Der Hodscha ist in einem Dorf zu Besuch. Da verliert er seine Satteltasche. Er ärgert sich sehr und droht den Bauern: «Seht bloß zu, dass ihr meine Satteltasche findet. Sonst weiß ich nämlich, was ich mit euch mache.»

Die Leute kriegen es mit der Angst, sie suchen an allen Ecken und Enden, und bald ist die Satteltasche gefunden.

Als der Hodscha aufbricht, fragen die Bauern neugierig: «Hodscha, was hättest du denn mit uns gemacht, wenn wir deine Satteltasche nicht gefunden hätten?»

Der Hodscha: «Nichts. Ich habe zu Hause einen alten Kelim, aus dem hätte ich mir eine neue Satteltasche gemacht.»

NE TATLI VAR NE BÖREK

Hoca karısıyla evinde oturmuş pencereden dışarıyı seyrediyordur.

Bu sırada dışardan bir cenaze alayı geçer. Cenazenin arkasından giden üzüntülü yakınları sesli sesli ağlar: «Aah, karanlık yere gidiyorsun. Gittiğin yerde ne ışık var ne ateş, ne tatlı var ne börek.»

Hoca karısına döner: «Kalk kapıyı kapat. Bu cenaze bizim eve geliyor galiba» der.

DELİ ÇEŞME

Hoca sıcak bir yaz günü eşeğiyle yolda giderken, terler ve susar. Serinlemek için yolun kenarındaki bir çeşmenin başında durup elini yüzünü yıkamak ve su içmek ister. Ama çeşmenin borusunda bir odun parçası tıkalıdır.

Hoca suyun akması için odun parçasını çıkarmaya uğraşır. Borudaki tıkacı çeke çeke çıkarınca, birden tazyikli su üzerine fışkırır ve Hoca'nın üstü başı ıslanır.

Hoca: «Anlaşıldı» der. «Öyle deli dolu aktığın için ağzını tıkamışlar.»

WEDER SÜSSSPEISEN NOCH BÖREK

Der Hodscha sitzt mit seiner Frau zu Hause am Fenster und schaut hinaus.

Draußen zieht ein Begräbniszug vorbei. Die trauernden Angehörigen hinter dem Sarg klagen mit lauter Stimme: «Ach, du gehst an einen finsteren Ort. Da, wo du hingehst, gibt es weder Licht noch Feuer, weder Süßspeisen noch Börek.»

Da wendet sich der Hodscha an seine Frau: «Steh auf und schließ die Haustür ab. Sieht aus, als käme dieser Tote zu uns.»

DER VERRÜCKTE BRUNNEN

Der Hodscha ist an einem heißen Sommertag mit seinem Esel unterwegs, er schwitzt und hat Durst. Um sich zu erfrischen, macht er an einem Brunnen am Wegesrand halt und will Hände und Gesicht waschen und Wasser trinken. Aber im Brunnenrohr steckt ein Stück Holz.

Der Hodscha versucht, es herauszuziehen, damit das Wasser fließen kann. Er zieht und zieht, und als er es endlich geschafft hat, schießt ein Schwall Wasser aus dem Rohr, und der Hodscha wird von oben bis unten nass.

«Jetzt versteh ich», sagt der Hodscha. «Weil du so ungestüm fließt, haben sie dir das Maul gestopft.»

TEMBEL KAPLUMBAĞA

Hoca camide sabah namazını kıldırdıktan sonra eve gelir. Üzerinde hafif yorgunluk hisseder.

Hanımına: «Ben uzanıp biraz dinleneyim. Beni bir saat sonra kaldır. Tarlaya gidip çift süreceğim» der.

Hanımı bir saat sonra: «Hoca, kalk, bir saat oldu» diye seslenir, ama Hoca bir türlü kalkmaz.

Hanımı: «Hoca, bugün tembelliğin üzerinde. Kaplumbağalar bile seni geçti» der.

Hoca oflaya puflaya kalkıp tarlaya gider. Tarlada çift sürerken, önüne bir kaplumbağa çıkar. Kaplumbağa öylesine yatıyordur ve hiç rahatını bozmaz.

Hoca: «Hey kaplumbağa, buraya benden önce gelmeyi becermişsin, ama neye yarar? Çalışmayıp yatıyorsun. Kalkıp benim gibi çift sürsene ya» der.

DİN VE DÜNYA İŞİ

Nasreddin Hoca'nın memleketi Sivrihisar'da zengin biri vardır. Adam, çok akıllı olduğu için bu servete sahip olduğunu düşünür. Ötekileri akıllı görmediği için onlara tepeden bakar.

Zengin adam: «Hoca, din işiyle dünya işleri ayrı. Sen dünya işlerinden anlamazsın» diye, Hoca'yla alay eder.

Bir gün Hoca cemaatle camiden çıkarken, zengin adam koşa koşa gelir: «Yardıma koşun. Benim evde yangın çıktı. Ev yanıyor. Birlikte yangını söndürelim» der.

Hoca: «Benim dünya işine aklım ermez» yanıtını verir.

DIE FAULE SCHILDKRÖTE

Nachdem er das Morgengebet in der Moschee geleitet hat, kommt der Hodscha nach Hause. Er ist ein klein wenig müde.

«Ich leg mich ein bisschen hin», sagt er zu seiner Frau. «Weck mich in einer Stunde. Ich will aufs Feld und pflügen.»

Eine Stunde später weckt ihn seine Frau: «Hodscha, steh auf, eine Stunde ist vorbei.» Aber der Hodscha steht einfach nicht auf.

«Du bist aber faul heute, Hodscha», sagt seine Frau. «Selbst eine Schildkröte ist schneller als du.»

Jammernd und stöhnend steht der Hodscha auf und geht aufs Feld. Beim Pflügen taucht eine Schildkröte vor ihm auf. Sie liegt da und lässt sich nicht in ihrer Ruhe stören.

«He, Schildkröte», sagt der Hodscha. «Du hast es zwar geschafft, vor mir hier zu sein, aber was nützt es? Du liegst da, ohne zu arbeiten. Steh auf, und pflüge das Feld wie ich», sagt er.

RELIGIÖSE UND WELTLICHE DINGE

In Nasreddin Hodschas Geburtsort Sivrihisar lebt ein reicher Mann. Er ist überzeugt, dass ihm seine Klugheit zu diesem Reichtum verholfen hat. Die anderen Menschen betrachtet er von oben herab, weil er sie nicht für klug erachtet.

Der Reiche verspottet den Hodscha und sagt: «Die religiösen Angelegenheiten sind etwas anderes als die weltlichen. Du verstehst nichts von den weltlichen Dingen.»

Als der Hodscha eines Tages mit den Gläubigen aus der Moschee tritt, kommt der Reiche gerannt: «Helft mir. In meinem Haus ist ein Feuer ausgebrochen. Das Haus steht in Flammen. Helft mir, den Brand zu löschen.»

«Ich verstehe nichts von weltlichen Dingen», erwidert der Hodscha.

TURŞUYU KİM SATIYOR

Hoca, hanımının yaptığı turşuları bidonla eşeğe yükler, sokak sokak dolaşarak satmaya çıkar. Mahalle aralarında «Turşu, turşu» diye bağırıp insanlara duyurmak ister.

Ama Hoca ne zaman turşu diye bağırmak için ağzını açsa, hemen eşeği anırmaya başlar. Hocanın sesini bastırır. Hoca bir türlü «turşu» diye bağıramaz.

Eşeğe kızan Hoca: «Yahu turşuları sen mi satacaksın ben mi» diye bağırır.

BİRAZ DA BİZ ÖLELİM

Hoca bir iftara davet edilir. Sıcak bir yaz günü olduğu için ev sahibi sofraya bir tencere hoşaf koyar. Misafirlere küçük tatlı kaşığı dağıtan ev sahibi, kendisi kepçeyi alır: «Buyurun afiyet olsun» der.

Misafirler küçük tatlı kaşığıyla hoşafı içmeye çalışırken, ev sahibi kepçeyi hoşafla doldurup doldurup içer ve her defasında: «Oh öldüm, öldüm» der.

Masanın ortasındaki hoşaf bitmek üzeredir. Hoca, ev sahibine: «Senin devamlı ölüp ölüp dirilmene üzülüyoruz. Şu kepçeyi bize de ver de, biraz da biz senin yerine ölelim» der.

WER VERKAUFT DAS ESSIGGEMÜSE?

Die Frau des Hodscha hat Gemüse in Essig eingelegt. Der Hodscha lädt zwei Kanister davon auf seinen Esel und zieht durch die Straßen, um es zu verkaufen. Mit dem Ruf «Eingelegtes Gemüse!» will er die Aufmerksamkeit der Leute wecken.

Aber jedes Mal, wenn der Hodscha den Mund aufmacht, um «Eingelegtes Gemüse!» zu rufen, fängt sein Esel an zu schreien und übertönt die Stimme des Hodscha. Der Hodscha schafft es einfach nicht, sich durchzusetzen.

Da fährt er wutentbrannt seinen Esel an: «Wer verkauft eigentlich das Essiggemüse, du oder ich?»

LASS UNS AUCH EIN BISSCHEN STERBEN

Der Hodscha ist zum Fastenbrechen eingeladen. Es ist ein heißer Tag, daher stellt der Gastgeber eine Schüssel Kompott auf den Tisch. Seinen Gästen reicht er kleine Dessertlöffel, er selbst nimmt einen Suppenlöffel. «Greift doch bitte zu», fordert er sie auf. «Guten Appetit.»

Die Gäste versuchen mit ihren Dessertlöffeln von dem Kompott zu essen, der Gastgeber jedoch schöpft große Löffel voll und lässt es sich schmecken. Dabei ruft er: «Ah, ich sterbe!»

Die Schüssel auf dem Tisch ist schon fast leer, da wendet sich der Hodscha an den Gastgeber: «Es tut uns leid, dass du immer wieder stirbst und auferstehst. Gib uns mal deinen Löffel, damit wir an deiner Stelle auch ein bisschen sterben.»

BAHŞİŞ

Hoca bir gün hamama gider. Hamamcılar Hoca'yı tanımıyordur, ilgi göstermezler. Yırtık bir peştamal ve küçük bir havlu verirler. Hoca hiçbir şey söylemez.

Hamamdan çıkarken, yüksek bahşiş verir. Bahşişi hak etmeyen hamamcılar utanırlar: «Yine bekleriz efendi» diye Hoca'yı yolcu ederler.

Hoca birkaç gün sonra yine aynı hamama gelir. Hamamcılar bu sefer Hoca'ya hizmette kusur etmemek için yoğun özen gösterirler. Kokulu sabun, yeni peştamal ve büyük bir havlu verirler. Hamamdan sonra çay ikram ederler. Hoca'nın etrafında dört dönerler.

Hoca hamamdan çıkarken bu sefer çok az bahşiş verir. Düş kırıklığına uğrayan hamamcılar, sorgulayıcı gözlerle Hoca'ya bakarlar.

Hoca: «Bu geçen haftanın bahşişiydi. Geçen hafta verdiğim bahşiş ise bugünkü hizmetiniz içindi» der.

DAS TRINKGELD

Eines Tages begibt sich der Hodscha ins Dampfbad. Da die Badediener den Hodscha nicht kennen, lassen sie es an Aufmerksamkeit fehlen. Sie geben ihm einen zerrissenen Badeschurz und ein kleines Handtuch. Der Hodscha beschwert sich nicht.

Als er das Badehaus verlässt, gibt er ein großzügiges Trinkgeld. Die Badediener schämen sich, weil sie ein so reichliches Trinkgeld nicht verdient haben. «Kommen Sie bald wieder, mein Herr», sagen sie zum Abschied.

Ein paar Tage später kommt der Hodscha wieder ins Badehaus. Diesmal behandeln ihn die Badediener mit größter Zuvorkommenheit und tadellosem Service. Sie reichen ihm eine wohlriechende Seife, einen neuen Badeschurz und ein riesiges Badetuch. Nach dem Dampfbad spendieren sie ihm einen Tee. Sie scharwenzeln regelrecht um ihn herum.

Als der Hodscha diesmal das Badehaus verlässt, gibt er nur ein mageres Trinkgeld. Die Badediener sind enttäuscht und schauen den Hodscha fragend an.

«Das ist das Trinkgeld für letzte Woche. Das Trinkgeld, das ich letzte Woche gegeben habe, ist für den heutigen Service», sagt er.

SEN NESİN

Bir toplantıda biri Hoca'nın yanına gelip sorar: «Sen kimsin?»

Hoca: «Hiç, ben hiç kimseyim» der.

Adam bunun üzerine Hoca'ya dudak büküp hiç değer vermez.

Bu sefer Hoca adama sorar: «Peki, sen kimsin?»

Adam böbürlenerek: «Ben kaymakamım» der.

Hoca: «Sonra ne olacaksın?»

Adam: «Vali olurum herhalde.»

Hoca: «Peki, ondan sonra?»

Adam: «Belki vezir olurum.»

Hoca: «Vezirlikten sonra?»

Adam: «Şansım yaver giderse, sadrazam olabilirim.»

Hoca: «Ondan sonra?»

Artık yükseleceği makam kalmayan adam: «Hiç» der.

Hoca: «Madem sonunda hiç olacaksın, niye böbürleniyorsun be adam? Ben şimdiden senin en son ulaşacağın makamdayım» der.

BANA NİYE İNANMIYORSUN

Bir gün komşusu Hoca'dan eşeğini ister.

Hoca, eşeğini vermek istemez ve komşusuna: «Eşek evde yok» der.

Tam o sırada eşek ahırda anırmaya başlar.

Komşusu: «Hocaefendi, nasıl söyleyebilirsin eşek evde yok diye? Bak, içerde anırıyor işte» der.

Komşusuna kızan Hoca: «Sen eşeğin sözüne mi inanıyorsun, yoksa bana mı» diye sorar.

WER BIST DU?

Bei einer Versammlung wird der Hodscha gefragt: «Wer bist du?»

«Nichts, ich bin nichts», erwidert der Hodscha.

Der Mann verzieht abschätzig das Gesicht und schenkt dem Hodscha weiter keine Beachtung.

Jetzt fragt der Hodscha den Mann: «Und du, wer bist du?»

«Ich bin Landrat», sagt der Mann wichtigtuerisch.

Der Hodscha: «Und was wirst du danach?»

Der Mann: «Wahrscheinlich Gouverneur.»

Der Hodscha: «Und dann?»

Der Mann: «Vielleicht werde ich Wesir.»

Der Hodscha: «Und wenn du Wesir bist?»

Der Mann: «Wenn ich Glück habe, werde ich Großwesir.»

«Und dann?»

Es gibt kein höheres Amt, das der Mann bekleiden könnte. «Nichts», sagt er.

Darauf der Hodscha: «Wenn du am Ende nichts sein wirst, warum plusterst du dich dann so auf, Mann? Ich bin jetzt schon in dem Amt, das du anstrebst.»

WARUM GLAUBST DU MIR NICHT

Eines Tages will sich ein Nachbar des Hodschas Esel leihen.

Doch der Hodscha möchte ihm seinen Esel nicht geben und sagt: «Der Esel ist nicht zu Hause.»

In dem Moment fängt der Esel im Stall zu schreien an.

«Verehrter Hodscha», sagt der Nachbar, «wie kannst du sagen, der Esel sei nicht zu Hause! Hörst du denn nicht, dass er schreit?»

Da wird der Hodscha ärgerlich. «Glaubst du dem Esel, oder glaubst du mir?», fragt er.

ÜÇ YILLIK BORÇ

Nasreddin Hoca pazarda zeytin satar. Bir kadın müşteri gelir: «Hoca, zeytinler taze mi» diye sorar.

Hoca: «Buyur dene» der.

Kadın müşteri: «Deneyemem orucum, Hoca» der.

Hoca: «O zaman al götür zeytinleri, iftarda dene. Beğenirsen parasını yarın getir» karşılığını verir.

Ama birden Hoca'nın aklına gelir: «Şimdi Ramazan değil. Sen ne orucu tutuyorsun» der.

Kadın müşteri: «Üç yıl önceki oruç borcumu tutuyorum» cevabını verir.

Hoca tam zeytinleri kadın müşteriye uzatmak üzereyken geri çeker.

Kadın müşteri: «Ne oldu, niye vazgeçtin vermekten» diye sorar.

Hoca: «Tanrıya borcunu üç yıl sonra veren, kula borcunu ne zaman getirir bilinmez» der.

CAMİ ÖNÜNDEKİ KÖPEK

Hoca camiden çıkarken bir köpeğin caminin kapısına işemek için tek bacağını kaldırdığını görür.

Hoca hemen koşup köpeğe bağırarak: «Hoşt köpek, çek git burdan» der.

Köpek, hırlayarak, dişlerini gösterip Hoca'nın üstüne yürüyünce, Hoca: «Hoşt beyim hoşt» der.

DREI JAHRE ALTE SCHULDEN

Nasreddin Hodscha verkauft auf dem Markt Oliven. Eine Kundin bleibt stehen und fragt: «Hodscha, sind die Oliven frisch?»

«Bitte, probier doch», fordert der Hodscha sie auf.

«Ich kann nicht probieren, Hodscha», sagt die Kundin, «ich faste.»

«Dann nimm die Oliven mit und probiere sie beim Fastenbrechen. Wenn sie dir schmecken, bringst du mir morgen das Geld.»

Doch da fällt dem Hodscha plötzlich etwas ein. «Jetzt ist doch gar kein Ramadan. Warum fastest du?», fragt er.

«Ich begleiche eine drei Jahre alte Fastenschuld», erwidert die Kundin.

Daraufhin nimmt der Hodscha die Oliven, die er der Frau geben wollte, zurück.

«Was ist denn?», fragt die Kundin. «Warum ziehst du dein Angebot zurück?»

«Wer Gottes Fastenschuld erst nach drei Jahren begleicht, wann wird der wohl einem Geschöpf Gottes die Schuld begleichen?»

DER HUND VOR DER MOSCHEE

Als der Hodscha die Moschee verlässt, sieht er, wie ein Hund ein Bein hebt, um an die Moscheetür zu pinkeln.

Sofort läuft der Hodscha hin, um den Hund zu verscheuchen: «Scht, Hund! Verschwinde!»

Der Hund knurrt, fletscht die Zähne und geht auf den Hodscha los, der sagt: «Scht, mein Herr, scht.»

BANA GÖRÜNME

Hoca evlenmeye karar verir. Yakınları Hoca'ya uygun kız ararlar.

Sonunda bir kız bulurlar ve Hoca'ya kızı öve öve bitiremezler. Hoca, kızı görmeden evlenmeyi kabul eder.

Düğün yapılır. Gerdek gecesi Hoca gelinin duvağını açar ve evlendiği kızın yüzünü ilk kez görür. Aman Allah, kız Hoca'ya göre hiç güzel değildir.

Kız, kocasına sadakatini göstermek için sorar: «Efendi, akrabalarından kimlere görüneyim?»

Hoca: «Aman hatun, bana görünme de kime görünürsen görün.»

MICH ABER VERSCHONE

Der Hodscha beschließt zu heiraten. Seine Verwandten suchen ein Mädchen, das zu ihm passt.

Schließlich finden sie eines und loben das Mädchen vor dem Hodscha in den höchsten Tönen. Der Hodscha erklärt sich bereit, sie zu heiraten, ohne sie vorher gesehen zu haben.

Es wird Hochzeit gefeiert. In der Hochzeitsnacht löst der Hodscha den Schleier seiner Braut und sieht zum ersten Mal das Gesicht des Mädchens, das er geheiratet hat. Aber leider Gottes findet er sie gar nicht hübsch.

Um ihrem Mann ihre Treue zu demonstrieren, fragt das Mädchen: «Mein Gemahl, vor welchen Männern aus deiner Verwandtschaft darf ich mich zeigen?»

«Zeig dich, wem du willst, mich aber verschone», antwortet der Hodscha.

SİLAH YASAĞI

Akşehir'e yeni bir kadı tayin olur. Kadı şehirde sıkı bir silah yasağı uygular. Çakı taşımak bile yasaktır. Yasağı uygulamak için polis yoğun kontroller yapar. Hoca'nın üstünü de ararlar ve kuşağının arasında büyük bir bıçak bulurlar.

Polis: «Hoca, bu ne? Silah taşımanın yasak olduğunu bilmiyor muydun?»

Hoca: «Biliyorum. Ama bu silah değil. Ben bu bıçağın ucuyla kitaplardaki yanlışları kazıyorum» cevabını verir.

Polis: «Hoca, sen bizimle dalga mı geçiyorsun? Kitaptaki yanlışları kazımak için bu kadar büyük bıçak mı gerek?»

Hoca: «Siz bilmiyorsunuz? Bazı kitaplarda öyle büyük yanlışlar var ki, bu bıçak bile o yanlışları kazımak için küçük kalıyor.»

CENNETE Mİ CEHENNEME Mİ

Timur bir gün Hoca'yla sohbet ederken sorar: «Hocaefendi, söyle bakayım. Ben cennete mi cehenneme mi giderim?»

Hoca korkmadan: «Cehenneme, padişahım» der.

Timur öfkeden kıpkırmızı olur. Timur'un çok kızdığını gören Hoca: «Padişahım, ben aslında cennete diyecektim. Ama sizin cellatlarınızın başını kestiği insanlarla cennet dolup taştı. Cennete sığmazsınız. Onun için cehennem dedim» karşılığını verir.

DAS WAFFENVERBOT

In Akşehir tritt ein neuer Richter sein Amt an. Er erlässt in der Stadt ein striktes Waffenverbot. Sogar Taschenmesser zu tragen ist verboten. Um das Verbot durchzusetzen, führt die Polizei strenge Kontrollen durch. Sie durchsuchen auch den Hodscha und finden in seinem Gürtel ein großes Messer.

«Hodscha, was ist das?», fragen die Polizisten. «Weißt du nicht, dass es verboten ist, Waffen zu tragen?»

«Doch», erwidert der Hodscha. «Aber das ist keine Waffe. Mit der Spitze dieses Messers kratze ich die Fehler in den Büchern aus.»

«Willst du uns auf den Arm nehmen, Hodscha?», fragen die Polizisten. «Man braucht doch kein so großes Messer, um die Fehler in Büchern auszukratzen?»

«Ihr wisst ja gar nicht, wie groß die Fehler in manchen Büchern sind», erwidert der Hodscha. «Dafür ist selbst dieses Messer zu klein.»

PARADIES ODER HÖLLE

Eines Tages unterhält sich Timur mit dem Hodscha und fragt: «Verehrter Hodscha, sag mir doch, komme ich ins Paradies oder in die Hölle?»

Furchtlos erwidert der Hodscha: «In die Hölle, mein Padischah.»

Timur steigt die Zornesröte ins Gesicht. Als der Hodscha sieht, dass sich Timur sehr ärgert, sagt er: «Mein Padischah, ich wollte eigentlich sagen: ins Paradies, aber das Paradies ist mit den Leuten überfüllt, denen Eure Henker den Kopf abgeschlagen haben. Im Paradies ist kein Platz mehr für Euch. Deshalb habe ich Hölle gesagt.»

BALIĞIN KAFASI

Hoca seyahate çıkar. Konya'ya geldiğinde yorulur ve burada bir hana yerleşerek dinlenmek ister. Hoca'nın karnı da acıkmıştır.

Hoca hancıya: «Yiyecek ne var» diye sorar. Aynı sırada bir yolcu daha yiyecek sorar.

Hancı: «Sadece bir balığım kaldı. İkiniz paylaşın» der.

Hoca: «Ben sadece balığın kafasını istiyorum» der.

Öteki yolcu şaşırır: «Niçin sadece kafasını istiyorsun?»

Hoca: «Balığın kafası zeka yapar» der.

Bunun üzerine yolcu: «Balığın kafasını niye sen yiyecek mişsin? Ben istiyorum» der.

Hoca sesini çıkarmaz.

Hancı balığı pişirip getirir. Hoca'ya balığın gövdesini, öteki yolcuya da kafasını verir.

Hoca balığın etli gövdesini yiyerek, karnını doyurur ve bir oh çeker.

Öteki yolcu: «Sen gövdeyi yedin, karnını doyurdun. Ben kafada et bulacağım diye uğraştım durdum ve aç kaldım» diye sitemeder.

Hoca: «Bak, nasıl akıllandın şimdi» der.

DER FISCHKOPF

Der Hodscha bricht zu einer Reise auf. Als er Konya erreicht, ist er müde und will in einer Herberge übernachten und sich ausruhen. Außerdem hat er Hunger.

Der Hodscha fragt den Wirt, was es zu essen gibt. Im selben Moment stellt ein anderer Reisender dieselbe Frage.

«Ich habe nur noch einen einzigen Fisch», erwidert der Wirt. «Teilt ihn euch.»

«Ich möchte nur den Kopf des Fisches», sagt der Hodscha.

Der andere Reisende wundert sich. «Warum nur den Kopf?»

«Der Fischkopf macht klug», sagt der Hodscha.

Daraufhin sagt der Reisende: «Warum sollst du den Kopf bekommen? Ich möchte ihn haben.»

Der Hodscha widerspricht nicht.

Der Wirt bereitet den Fisch zu und serviert ihn. Dem Hodscha gibt er den Fisch, dem anderen Gast den Kopf.

Der Hodscha verspeist den fleischigen Fisch mit großem Genuss und stöhnt vor Wohlgefühl, als er satt ist.

«Du hast den Fisch gegessen und bist satt geworden», sagt der andere Reisende. «Ich habe vergeblich in dem Fischkopf herumgestochert und bin immer noch hungrig.»

Darauf der Hodscha: «Siehst du, wie klug du geworden bist?»

PEŞİN PARA

Hoca'nın birine borcu vardır.

Alacaklısı bir gün gelir: «Hoca, bana borcunu ne zaman ödeyeceksin» diye sorar.

Ama Hoca'nın parası yoktur.

Hoca: «Bak, şu tarladan koyunlar geçiyor. Buraya dikenli bir çit çekeceğim. Koyunlar burdan geçerken, yünleri dikene takılıp kalacak. Hanım o yünleri toplayıp eğirecek ve ip yapacak. Ben o ipleri pazara götürüp satacağım. Sana olan borcumu ödeyeceğim» der.

Alacaklı adam katıla katıla gülmeye başlar.

Hoca: «Ee, bakıyorum da peşin parayı görünce, nasıl gülüyorsun» der.

PEŞTAMALIN FİYATI

Timur bir gün Hoca'yla hamama gider. Peştamalları takıp göbek taşına uzanırlar.

Timur: «Hoca, ben bir köle olsaydım ve pazarda satılsaydım, kaç para değer biçerdin?»

Hoca: «On beş akçe.»

Timur öfkeden küplere biner: «Ne diyorsun sen, Hoca? Hiç ağzından çıkanı kulağın duyuyor mu? Sadece bu peştamal on beş akçe eder.»

Hoca: «Neden alınıyorsun ki padişahım? Ben zaten bu fiyatı peştamala biçtim» cevabını verir.

DAS BARE GELD

Der Hodscha hat sich von jemandem Geld geliehen.

Eines Tages kommt der Gläubiger zu ihm und fragt: «Hodscha, wann zahlst du mir deine Schulden zurück?»

Doch der Hodscha hat kein Geld.

«Hör zu», sagt der Hodscha, «über dieses Feld gehen Schafe. Ich werde eine Dornenhecke anlegen. Wenn die Schafe hier vorbeiziehen, wird etwas von ihrer Wolle an den Dornen hängen bleiben. Diese Wolle wird meine Frau sammeln und zu Garn spinnen. Das bringe ich zum Markt und verkaufe es. Mit dem Geld werde ich dir meine Schulden zurückzahlen.»

Der Gläubiger bricht in schallendes Gelächter aus.

«Ja, ja, wenn du das bare Geld siehst, da kannst du lachen.»

DER PREIS FÜR DEN BADESCHURZ

Eines Tages gehen Timur und der Hodscha ins Dampfbad. Sie binden sich ihren Badeschurz um und legen sich auf den Nabelstein.

«Hodscha», sagt Timur, «wenn man mich als Sklaven auf dem Markt verkaufen würde, was, schätzt du, würde man bezahlen?»

«Fünfzehn Asper», erwidert der Hodscha.

Timur explodiert vor Wut: «Was redest du da, Hodscha? Weißt du eigentlich, was du da eben gesagt hast? Schon allein dieser Badeschurz ist fünfzehn Asper wert.»

«Warum bist du gekränkt, mein Padischah? Ich habe nur den Preis für den Badeschurz geschätzt.»

YA BEN OLSAYDIM

Hoca camiye gittikten sonra, hanımı cüppesini yıkayıp kuruması için bahçeye asar.

Hoca o akşam eve biraz geç döner. Pencereden bahçeye bakan Hoca, dışarda bir karaltı görür.

Hemen hanımına seslenir: «Hanım, çabuk tüfeğimi getir. Bahçeye hırsız saklanmış» der.

Tüfeği getiren hanımına sus işareti yapan Hoca, tüfeğiyle karaltıyı nişan alıp ateş eder.

Hoca ve hanımı dışarıya koşup bakarlar. Hoca'nın vurduğu kendi cüppesidir.

Hoca: «Çok ucuz kurtulduk. Ya içinde ben olsaydım» der.

ÇİFTE HORLAMA

Hoca'ya sorarlar: «Evlilik ne demek?»

Hoca: «Gündüzleri çifte hırlama, geceleri çifte horlama» der.

WENN ICH DRINGESTECKT HÄTTE

Als der Hodscha zur Moschee aufgebrochen ist, wäscht seine Frau seinen Talar und hängt ihn zum Trocknen im Garten auf.

Am Abend kehrt der Hodscha etwas später zurück als gewöhnlich. Als er vom Fenster in den Garten hinausschaut, sieht er einen Schatten.

Sofort ruft er seine Frau: «Frau, bring mir schnell meine Flinte. Im Garten hat sich ein Dieb versteckt.»

Die Frau bringt sie ihm. Der Hodscha macht ihr ein Zeichen, still zu sein, zielt auf den Schatten und schießt.

Der Hodscha und seine Frau laufen hinaus, um nachzuschauen. Worauf der Hodscha geschossen hat, das war sein Talar.

«Da hab ich aber Glück gehabt», sagt der Hodscha. «Stell dir vor, ich hätte dringesteckt.»

IM GLEICHTAKT SCHNARCHEN

Der Hodscha wird gefragt: «Was bedeutet das Eheglück?»

«Es bedeutet, am Tag im Gleichtakt zu grummeln und nachts im Gleichtakt zu schnarchen», antwortet der Hodscha.

DÖRT AYAKLI ÖRDEK

Hoca camide vaaz verirken, cemaat oturduğu yerde uyuklar.

Bu duruma canı sıkılan Hoca: «Sabahleyin yolda gelirken, çayın kenarında dört ayaklı ördekler kahve içiyordu» der.

Cemaat bunu duyunca, gözlerini açar.

Hoca: «Yahu, deminden beri doğru şeyler söylüyorum, uyukluyorsunuz. Kuyruklu yalan söyleyince, hepiniz uyandınız be» der.

DİVİTLE DEFTER

Hoca bir dul kadınla evlenir. Kadın Hoca'yla evlendikten beş gün sonra doğum yapar.

Hoca koşup bir divitle defter getirir ve beşiğin yanına koyar.

Ebe merak eder: «Hoca, bu nedir? Bebek ne yapacak bunları?»

Hoca: «Bu bebek dokuz aylık yolu beş günde aldıysa, birkaç gün içinde okuma yazmaya başlayacağını da hesaba katmak lazım. Hazırlık yapıyorum» der.

VIERBEINIGE ENTEN

Während der Hodscha in der Moschee predigt, döst die Gemeinde vor sich hin.

Das ärgert den Hodscha, und er sagt: «Als ich heute Morgen aufbrach, sah ich unten am Bach vierbeinige Enten, die Kaffee tranken.»

Als die Gläubigen das hören, reißen sie die Augen auf.

«Menschenskind», sagt er. «Wenn ich wahre Dinge sage, nickt ihr ein. Wenn ich euch aber faustdicke Lügen auftische, seid ihr schlagartig wach.»

SCHREIBFEDER UND HEFT

Der Hodscha hat eine Witwe geheiratet. Bereits fünf Tage nach der Hochzeit bringt sie ein Kind zur Welt.

Der Hodscha läuft sofort los, kauft Schreibfeder und Heft und legt es neben die Wiege.

Die Hebamme ist erstaunt. «Hodscha, was ist denn das? Was soll ein Säugling mit diesen Sachen anfangen?»

«Wenn ein Neugeborenes einen Weg, für den man neun Monate braucht, in fünf Tagen zurücklegt, muss man damit rechnen, dass es schon in wenigen Tagen mit dem Schreiben und Lesen anfängt. Dafür habe ich Vorsorge getroffen.»

ARPA MI BUĞDAY MI

Hoca'nın bir arkadaşı mahkemelik olur. Hoca'ya: «Bana yalancı şahitlik yap» diye yalvarır. Hoca eski arkadaşını kıramaz.

Duruşma günü şahit olarak ifade vermeye giden Hoca, mahkemede hep buğday yerine arpa der.

Kadı, Hoca'ya bağırır: «Mesele arpa değil, buğday. Niye inadına hep arpa diyorsun?»

Hoca: «Kadı efendi, mesele yalan olduktan sonra ister arpa olsun ister buğday. Ne farkeder?»

EŞEK ÖLDÜ

Hoca'nın çok sevdiği eşeği ölür. Hoca kapıya oturup hüngür hüngür ağlar.

Komşuları: «Karın öldüğünde bu kadar ağlamamıştın. Nedir bu halin böyle» diye sorar.

Hoca: «Karım öldüğünde, hepiniz gelip bana destek verdiniz. Üzülme sana yenisini alırız dediniz. Ama eşeğim öldü. Biriniz çıkıp üzülme, yenisini alırız demiyor.»

SOĞUK ÇORBA

Bir komşusu Hoca'dan Arapça ders alır.

Komşusu: «Hocam, soğuk çorba Arapça ne demek» diye sorar.

Hoca bilmediğini belli etmemek için: «Araplar soğuk çorba içmez» der.

GERSTE ODER WEIZEN?

Ein Freund des Hodscha steht vor Gericht. Er fleht den Hodscha an: «Du musst einen Meineid für mich schwören.» Der Hodscha kann seinem alten Freund diese Bitte nicht abschlagen.

Am Tag der Verhandlung geht der Hodscha ins Gericht, um auszusagen, aber statt «Weizen» sagt er immer «Gerste».

Der Richter schreit den Hodscha an: «Es geht hier nicht um Gerste, sondern um Weizen. Warum sagst du ständig Gerste?»

«Herr Richter», erwidert der Hodscha, «wenn schon gelogen wird, ist es dann nicht egal, ob Gerste oder Weizen?»

DER ESEL IST TOT

Des Hodschas geliebter Esel ist tot. Der Hodscha sitzt vor der Tür und weint bitterlich.

«Als deine Frau gestorben ist, hast du nicht so geweint», sagen die Nachbarn. «Was ist denn mit dir los?»

Der Hodscha: «Als meine Frau gestorben ist, seid ihr alle gekommen und habt mich getröstet. Sei nicht traurig, habt ihr gesagt, wir finden eine neue für dich. Jetzt ist mein Esel tot, und keiner sagt: Sei nicht traurig, wir finden einen neuen für dich.»

KALTE SUPPE

Ein Nachbar nimmt beim Hodscha Arabischunterricht.

«Lieber Hodscha», fragt der Nachbar, «was heißt ‹kalte Suppe› auf Arabisch?»

Der Hodscha möchte nicht zeigen, dass er die Antwort nicht weiß, und sagt: «Die Araber essen keine kalte Suppe.»

KAFTAN

Hoca bir gün kaftan almak için çarşıya gider. Bir dükkana girip kaftanlara bakar. Hoşuna giden birini giyinir.

«Kaç para bu» diye sorar.

Satıcı: «On akçe» der.

Hoca: «Çok pahalı, daha uygun fiyatta yok mu» diye sorar.

Satıcı bir başka kaftan getirir. «Bunun fiyatı beş akçe» der.

Hoca kaftanı giyer ve parayı ödemeden dükkandan çıkar.

Satıcı: «Hoca, kaftanın parasını ödemeyi unuttun» der.

Hoca: «Pahalısını bıraktım, yerine ucuzunu aldım ya» der.

Satıcı: «Ama pahalının parasını ödememiştin ki» der.

Hoca: «Be adam, almadığım kaftanın parasını niye ödeyim» der.

DER KAFTAN

Der Hodscha geht auf den Markt, um sich einen Kaftan zu kaufen. Er betritt einen Laden und schaut sich um. Als er einen Kaftan findet, der ihm gefällt, probiert er ihn an.

«Wie viel kostet der?», fragt der Hodscha.

Der Verkäufer: «Zehn Asper.»

Der Hodscha: «Das ist sehr teuer, gibt es denn keinen billigeren?»

Der Verkäufer bringt einen anderen Kaftan. «Der hier kostet fünf Asper», sagt er.

Der Hodscha zieht den Kaftan an und verlässt den Laden, ohne zu bezahlen.

Der Verkäufer: «Hodscha, du hast vergessen zu bezahlen.»

Der Hodscha: «Ich habe den teuren dagelassen und stattdessen den billigeren genommen.»

Der Verkäufer: «Aber den teuren hast du auch nicht bezahlt», sagt der Verkäufer.

Der Hodscha: «Mann, warum sollte ich für einen Mantel bezahlen, den ich gar nicht genommen habe?»

EŞEK SIRTINDA

Hoca çarşıda alışveriş yapar. Aldığı eşyaları bir torbaya doldurur. Sonra da torbayı sırtına atıp eşeğe biner. Torba Hoca'nın sırtında, Hoca eşeğin üzerinde köye girerler.

Köylüler: «Hoca, sen ne yapıyorsun öyle. Niye torbayı eşeğin değil de kendi sırtında taşıyorsun?»

Hoca: «Zavallı eşek hem beni taşıyor. Hem de torbayı taşımasına gönlüm razı gelmedi» der.

HOCA VE KARISI

Hoca bir gün eve gelir. Hanımı çok sinirlidir. Merak edip sorar: «Hanım, ne oldu? Neyin var?»

Hanımı: «Teyzemin teyzesinin torunu öldü. Cenaze töreninden geliyorum. Zil takıp oynayacak halim yok ya» der.

Hoca: «Haklısın, karıcığım. Ben senin düğün evinden döndüğün zamanı da bilirim.»

AUF DEM RÜCKEN DES ESELS

Der Hodscha kauft auf dem Markt ein. Die Sachen füllt er in einen Sack, den er sich auf den Rücken lädt. Dann steigt er auf seinen Esel. Mit dem Sack auf seinem Rücken reitet der Hodscha auf dem Rücken seines Esels ins Dorf zurück.

«Hodscha», fragen die Bauern, «was machst du denn da? Warum legst du den Sack nicht auf den Esel, sondern trägst ihn auf deinem Rücken?»

«Der arme Esel muss doch schon mich tragen», erwidert der Hodscha. «Ich habe es nicht übers Herz gebracht, ihn auch noch den Sack tragen zu lassen.»

DER HODSCHA UND SEINE FRAU

Als der Hodscha eines Tages nach Hause kommt, ist seine Frau extrem gereizt, und er fragt besorgt: «Frau, was ist los? Was hast du denn?»

«Der Enkel der Tante meiner Tante ist gestorben. Ich komme gerade von der Beerdigung. Mir ist nicht nach Feiern zumute», antwortet sie.

«Ja, ja, meine Liebe», erwidert der Hodscha. «Wenn du von einer Hochzeitsfeier kommst, ist es auch nicht anders.»

BURUN ENSEDE

Biri Hoca'ya şaka yollu sorar: «Burun yüzünüzün hangi tarafında?»

Hoca ensesini gösterip: «İşte burda» der.

Adam: «Hoca, amma yaptın ha. Burun ensenin tam tersinde değil mi?»

Hoca: «Bazen aksini söylemeden doğru ortaya çıkmıyor» der.

EŞEK NEREYE GİDERSE

Hoca bir gün eşeğin sırtında gidiyordur. Eşek birden öyle hızlanır ki, Hoca bir türlü eşeği zaptedemez.

Hoca'yı gören köylüsü: «Hocaefendi, böyle hızlı hızlı nereye gidiyorsun» diye bağırır.

Hoca: «Eşek nereye gidiyorsa, ben de oraya» der.

HIRSIZ VE HOCA

Bir gece Hoca'nın evine hırsız girer. Evde ne var ne yok toplar.

Yatağında yatan Hoca hırsızı görür, ama sesini çıkarmaz. Hırsız bütün eşyaları bir torbaya doldurup evden çıkar.

Hoca kalkıp hırsızın peşinden gider. Hırsız, Hoca'nın kendini takip ettiğini görünce durur: «Hey, beni niye takip ediyorsun sen» diye sorar.

Hoca: «Biz taşınmıyor muyuz» der.

DIE NASE AM HINTERKOPF

Jemand will den Hodscha auf den Arm nehmen und fragt: «Auf welcher Seite des Gesichts befindet sich die Nase?»

Der Hodscha deutet auf seinen Hinterkopf. «Hier», sagt er.

«Ich bitte dich, Hodscha», sagt der Mann. «Ist denn die Nase nicht genau auf der anderen Seite?»

«Manchmal kommt die Wahrheit erst dann ans Licht, wenn man das Gegenteil sagt», erwidert der Hodscha.

WOHIN DER ESEL GEHT

Eines Tages reitet der Hodscha auf seinem Esel. Plötzlich fängt der Esel an, so zu rennen, dass der Hodscha ihn nicht mehr im Zaum halten kann.

Ein Bauer sieht es und ruft dem Hodscha zu: «Verehrter Hodscha, wohin so eilig?»

«Wohin der Esel geht, dorthin gehe auch ich», erwidert der Hodscha.

DER DIEB UND DER HODSCHA

Eines Nachts schleicht sich ein Dieb in das Haus des Hodscha und rafft zusammen, was er finden kann.

Der Hodscha in seinem Bett sieht den Dieb, ist aber mucksmäuschenstill. Der Dieb stopft die Sachen in einen Sack und verlässt das Haus.

Da steht der Hodscha auf und läuft ihm nach. Als der Dieb sieht, dass der Hodscha ihn verfolgt, bleibt er stehen. «He, warum verfolgst du mich?», fragt er.

«Ziehen wir denn nicht um?», fragt der Hodscha zurück.

AĞZI TORBA DEĞİL Kİ, BÜZESİN

Nasreddin Hoca oğluyla eşeğe binip tarlaya doğru yola çıkarlar.

Yolda karşılaştıkları bir köylü: «Yazık değil mi bu eşeğe? İki kişi birden binmiş hayvanın üstüne» diye tepki gösterir.

Bunun üzerine Hoca oğlunu eşekten indirir. Kendi eşeğin sırtında, oğlu yaya yola devam ederler.

Biraz sonra bir başka köylüyle karşılaşırlar. Köylü: «Şu hale bak. Koskoca adam eşeğin sırtında, minnacık çocuk yaya yürüyor» der.

Bu sefer Hoca eşekten iner, oğlunu bindirir. Kendisi yaya gider.

Bir süre sonra yolda bir başka köylüye rastlarlar. Köylü: «Zaman ne kadar değişti. Çocuk eşeğin sırtında, baba yaya» der.

Bu sefer çocuk da iner. Baba oğul arkada, eşek önde yaya yürürler.

Bir süre sonra bir başka köylü çıkar gelir. Köylü: «Enayilere bak. Eşek boş gidiyor, onlar yaya.»

Çocuk Hoca'nın gözüne bakar.

Hoca: «Görüyorsun oğlum. Elalemin ağzı torba değil ki, büzesin» der.

DER MUND IST KEIN SACK, DEN MAN ZUBINDEN KÖNNTE

Nasreddin Hodscha und sein Sohn steigen auf den Esel und machen sich auf den Weg zu ihrem Feld.

Unterwegs begegnet ihnen ein Bauer, der missbilligend sagt: «Der arme Esel. Die setzen sich doch tatsächlich zu zweit auf dieses Tier.»

Der Hodscha lässt seinen Sohn absteigen. Er selbst auf dem Esel, der Sohn zu Fuß, setzen sie ihren Weg fort.

Nach einer Weile begegnen sie einem anderen Bauern. «Seht euch das an», sagt der Bauer. «Dieser gestandene Mann reitet auf dem Esel und lässt den Kleinen zu Fuß gehen.»

Jetzt steigt der Hodscha ab, lässt seinen Sohn aufsitzen und geht zu Fuß.

Nach einer Weile kommt erneut ein Bauer des Weges. «Wie haben sich doch die Zeiten geändert», sagt der Bauer. «Das Kind reitet auf dem Esel, der Vater geht zu Fuß.»

Jetzt steigt auch der Sohn ab. Vater und Sohn lassen den Esel voraustrotten und gehen hinter ihm her.

Nach einer Weile kommt ihnen wieder ein Bauer entgegen. «Schaut euch diese Dummköpfe an», sagt er. «Die lassen den Esel vorausspazieren und marschieren hinter ihm her.»

Das Kind blickt den Hodscha an.

«Siehst du, mein Sohn», sagt der Hodscha. «Der Mund fremder Leute ist kein Sack, den man zubinden könnte.»

KABAHATİNİ BİLİR

Hoca'nın tarlasına bir gün bir öküz girer ve ekinleri yer. Hoca elinde sopayla öküzün üzerine koşar. Öküz kaçar. Hoca öküze yetişip vuramadığı için öfkesini alamaz.

Aradan bir süre geçtikten sonra Hoca bir kağnıda tarlasına giren öküzü tanır. Hoca elindeki sopayla öküze vurmaya başlar.

Sahibi: «Hoca, sen delirdin mi? Ne yapıyorsun? Niye öküzüme vuruyorsun» diye bağırır.

Hoca: «Sen karışma. O kabahatini bilir» der.

SÖZÜNÜN ERİ

Hoca'nın bir komşusu: «Hoca, akşam bize gel. Birlikte soğan ekmek yiyelim» der.

Hoca bunu ziyafet daveti olarak kabul eder ve o gün fazla yemek yemez. Akşam komşusunun kapısını çalar.

Komşu, Hoca'yı: «Hoş geldin» diyerek içeri alır. Ne var ne yok sohbetinden sonra sofra kurulur. Komşusu gerçekten de sofraya sadece kuru soğanla ekmek koyar ve Hoca'yı buyur eder.

Karnı aç Hoca, ister istemez sofraya geleni yemeye başlar.

Bu sırada kapıdan geçen bir dilenci, bir dilim ekmek ister. Komşusu dilenciyi tersler: «Çabuk git burdan. Yoksa kemiklerini kırarım» der. Ama dilenci halen bir dilim ekmek diye yalvarır.

Hoca hemen yerinden kalkar ve dilencinin yanına koşar: «Hemen git burdan. Bu adam gerçekten sözünün eri. Ne derse onu yapar» der.

ER WEISS, WARUM

Eines Tages läuft ein Ochse auf den Acker des Hodscha und fängt an, die Getreidehalme zu fressen. Mit dem Stock in der Hand geht der Hodscha auf den Ochsen los, aber er erwischt ihn nicht. Er hätte ihn gern verdroschen, um seinem Ärger Luft zu machen.

Eine Weile später erkennt der Hodscha bei einem Gespann den Ochsen wieder, der auf seinem Acker war. Er schwingt seinen Stock und fängt an, den Ochsen zu schlagen.

«Hodscha, bist du verrückt geworden?», ruft der Besitzer. «Was machst du da? Warum schlägst du meinen Ochsen?»

Darauf der Hodscha: «Misch dich nicht ein. Er weiß, warum.»

EIN MANN, DER HÄLT, WAS ER VERSPRICHT

Ein Nachbar sagt zum Hodscha: «Komm heute Abend zu uns, Hodscha. Wir essen zusammen Brot und Zwiebeln.»

Der Hodscha betrachtet dies als Einladung zu einem Festessen und spart sich seinen Hunger auf. Am Abend klopft er beim Nachbarn an der Tür.

Der Nachbar heißt den Hodscha willkommen und bittet ihn herein. Nachdem sie eine Weile geplaudert haben, deckt der Nachbar den Tisch. Er trägt tatsächlich nur trockenes Brot und Zwiebeln auf und bittet den Hodscha zuzugreifen.

Hungrig wie er ist, muss sich der Hodscha mit dem begnügen, was ihm vorgesetzt wird.

Da kommt draußen ein Bettler vorbei und bittet um eine Scheibe Brot. Doch der Gastgeber weist ihn ab und sagt: «Mach, dass du verschwindest, sonst breche ich dir sämtliche Knochen.» Aber der Bettler fleht weiter um eine Scheibe Brot.

Da springt der Hodscha auf, läuft zu dem Bettler und sagt: «Verschwinde lieber. Dieser Mann hält wirklich Wort. Was er verspricht, das macht er auch.»

TEK BACAKLI ÖRDEK

Nasreddin Hoca bir gün Timur'u ziyaret etmek ister. Ördeklerinden birini kesip fırında bir güzel kızartır ve paket edip yola çıkar.

Yolda karnı acıkan Hoca, kızarmış ördeğin kokusuna dayanamaz ve bir budunu yer.

Timur'un huzuruna çıkan Hoca, hediyesini sunar. Padişah hediyenin kızarmış ördek olduğunu öğrenince, hizmetçilerine sofrayı hazırlamalarını söyler.

Timur, tepsiyle masaya gelen ördeğin bir budunun eksik olduğunu hemen farkeder, hizmetçilerinden şüphelenir, onları çağırıp hesap sorar.

Hizmetçiler: «Padişahım, bize bu ördek böyle geldi» derler. Timur, Hoca'ya bakar. Hoca hiç rahatını bozmaz: «Padişahım, Akşehir'in ördekleri tek bacaklıdır» der.

Timur inanmaz ve yemekten sonra Hoca'ya bahçesindeki ördekleri gösterir. Bu sırada ördekler tek ayak üstünde uyuyorlardır.

Hoca: «Bak, padişahım» der. «Ben sana demedim mi? Akşehir'in ördekleri tek bacaklı olur.»

DIE ENTE MIT EINEM BEIN

Eines Tages will Nasreddin Hodscha Timur besuchen. Er schlachtet eine von seinen Enten, brät sie knusprig im Ofen, packt sie ein und macht sich auf den Weg.

Irgendwann bekommt der Hodscha Hunger. Er kann dem Duft der Ente nicht widerstehen und isst einen Schenkel.

Der Hodscha tritt vor Timur und überreicht ihm sein Geschenk. Als der Padischah die gebratene Ente sieht, befiehlt er seinen Dienern, sogleich den Tisch zu decken.

Doch als der Braten aufgetragen wird, bemerkt Timur gleich, dass ein Schenkel fehlt. Er verdächtigt seine Diener, ruft sie herbei und stellt sie zur Rede.

«Mein Padischah», sagen die Diener, «wir haben die Ente so bekommen.» Timur schaut den Hodscha an, der seelenruhig antwortet: «Mein Padischah, die Enten von Akşehir haben alle nur ein Bein.»

Timur glaubt ihm nicht, und nach dem Essen zeigt der Hodscha ihm die Enten im Garten. Sie schlafen auf einem Bein.

«Siehst du, mein Padischah», sagt der Hodscha. «Hab ich es dir nicht gesagt? Die Enten von Akşehir haben nur ein Bein.»

Tam o sırada nöbet değişimi vardır ve askerler bando çalarak gelince, ördekler uyanıp iki ayağının üzerinde durur.

Timur, Hoca'ya döner: «Hani ördekler tek bacaklıydı» der.

Hoca: «Davula vurulan çomağı sen yeseydin, değil iki bacaklı, dört bacaklı olurdun» der.

SECDEYE VARIRSA

Hoca, Konya'da bir eve davet edilir. Ev ahşap ve oldukça eskidir. Bastıkça tahtalar gıcırdar.

Hoca: «Ev ses çıkarıyor» der.

Ev sahibi biraz ukaladır: «Hocam, bizim ev sofudur. Arada bir zikreder» der.

Hoca: «Ama aşka gelip bir secdeye varırsa, o zaman gör halini» der.

BEN HAYATTAYKEN

Hoca bir gün ağaçtan düşer, bayılır. Köylüler Hoca'nın öldüğünü sanarlar, Hoca'yı yıkayıp bir tabuta koyarlar. Ardından tabutu sırtlarına alıp mezarlığın yolunu tutarlar.

Mezarlığa iki yol gider. Tabutu taşıyanlardan biri: «Bu yol daha kısa, bu yoldan götürelim» der. Ötekiler: «Yok, ikinci yol daha kısa» diye tartışmaya tutuşurlar.

Tam bu sırada Hoca ayılır. Tabutun kapağını kaldırır: «Ben hayattayken şu yoldan giderdim. Ama şimdi siz bilirsiniz» der.

In diesem Augenblick kommt die Wachablösung der Soldaten, und als die Militärkapelle erklingt, wachen die Enten auf und stehen wieder auf beiden Beinen.

«Na, Hodscha, haben die Enten nun ein Bein?», wendet sich Timur an den Hodscha.

Der Hodscha: «Hättest du den Trommelschlegel zu spüren bekommen, hättest du nicht zwei, sondern vier Beine gehabt.»

WENN ES SICH ERST NIEDERWIRFT

Der Hodscha ist in Konya zum Essen eingeladen. Es ist ein sehr altes Holzhaus, dessen Dielen knarren.

«Das Haus macht Geräusche», sagt der Hodscha.

Der Gastgeber ist ein Klugscheißer. «Lieber Hodscha», sagt er, «unser Haus ist fromm. Es rezitiert gelegentlich Gebete.»

«Wenn es sich in seinem Eifer erst niederwirft», sagt der Hodscha, «dann wirst du dein blaues Wunder erleben.»

ALS ICH NOCH AM LEBEN WAR

Eines Tages fällt der Hodscha vom Baum und wird bewusstlos. Die Dorfbewohner glauben, er sei tot, waschen ihn und legen ihn in einen Sarg. Dann laden sie den Sarg auf ihre Schultern und machen sich auf den Weg zum Friedhof.

Zwei Wege führen zum Friedhof. Einer der Sargträger sagt: «Dieser Weg ist kürzer, nehmen wir den.» Die anderen widersprechen: «Nein, der andere ist kürzer», und so debattieren sie miteinander.

Unterdessen hat der Hodscha das Bewusstsein wiedererlangt. Er hebt den Sargdeckel. «Als ich noch am Leben war», sagt er, «bin ich diesen Weg gegangen. Jetzt müsst ihr entscheiden.»

Komşu köylerden birinde biri Hoca'nın namını duyar ve Hoca'yla tanışmak ister. Hoca'nın memleketi Akşehir'e gelir.

Tam Akşehir'e girişte, sakallı ve kavuklu bir adamın duvara sırtını dayamış öyle durduğunu görür. Selam verip ne yaptığını sorar.

Sakallı adam: «Duvar bu yana devrilmek üzere. Devrilmesin diye tutuyorum» der.

Bu sefer sakallı adam yabancıya sorar: «Peki, sen ne arıyorsun burda?»

Yabancı: «Burda Nasreddin Hoca diye biri varmış. Onunla tanışmaya geldim» der.

Sakallı adam: «Sen Hoca'yı bulamazsın. Gel benim yerime duvarı tut. Ben gidip Hoca'yı getireyim» der.

Yabancı kabul eder. Sakallı adam gider ve bir türlü dönmez.

Bu sırada Akşehirli bir grup kişi oradan geçer. Yabancı adamı görünce, merak edip sorarlar: «Sen kimsin, hemşehrim? Ne yapıyorsun böyle?»

ICH WARTE AUF DEN HODSCHA

Einer aus einem Nachbardorf hat viel Rühmliches über den Hodscha gehört und möchte ihn kennenlernen. Er macht sich auf nach Akşehir, der Heimatstadt des Hodscha.

Am Ortseingang sieht er einen bärtigen Mann mit Turban, der sich gegen eine Mauer lehnt. Er begrüßt ihn und fragt ihn, was er da mache.

«Die Mauer neigt sich auf die eine Seite, ich halte sie, damit sie nicht einstürzt», sagt der Bärtige.

Jetzt will der Bärtige von dem Fremden wissen: «Und du, was machst du hier?»

«Hier soll ein Mann mit dem Namen Nasreddin Hodscha leben. Ich bin gekommen, um ihn kennenzulernen.»

«Du wirst den Hodscha nicht finden», erwidert der Bärtige. «Komm, halte du die Mauer an meiner Stelle, ich geh und hole ihn.»

Der Fremde ist einverstanden. Der Bärtige verschwindet, kehrt aber nicht zurück.

Eine Gruppe von Leuten aus Akşehir kommt des Weges. Als sie den Fremden sehen, fragen sie neugierig: «Wer bist du, Landsmann? Was machst du da?»

Yabancı: «Ben Nasreddin Hoca'yla tanışmaya geldim. Burada duvarı tutan sakallı, kavuklu biri vardı. Bana, sen duvarı tut, ben Hoca'yı gidip getireyim dedi. Onu bekliyorum» der.

Akşehirli grup: «Aradığın Nasreddin işte o» derler.

SÜT TAŞARSA

Hoca'nın hanımı pişirmek için ocağa bir tencere süt koyar. Hoca'ya dönüp: «Ben bahçede çamaşırları asacağım. Ocağa süt koydum. Süt taşarsa, bak» der.

Hoca ocağın başında bekler. Süt pişerken, kabarır ve taşar.

Bu sırada hanımı içeri girer. Bir bakar ki, süt taşmış. «Hoca, sen ne bakıyorsun öyle? Süt taşmış görmüyor musun» diye sorar.

Hoca: «Süt taşarsa bak demedin mi, hanım» der.

ADINI BİLMİYORUM

Hoca, yeni doğan çocuğunu nüfusa kaydettirmek için Konya'ya gider. Nüfus memuru Hoca'ya: «Hanımının adı ne diye» sorar.

Hoca: «Soramadım, bilmiyorum» der.

Nüfus memuru: «Ne diyorsun sen, Hoca? Bir insan hanımının adını bilmez mi hiç?»

Hoca: «Memur Bey, hanım hiç susmuyor ki. Dırdırından fırsat bulup soramadım» cevabını verir.

«Ich bin hierhergekommen, um Nasreddin Hodscha kennenzulernen», erwidert der Fremde. «Hier war ein bärtiger Mann mit Turban, der die Mauer gestützt hat. Er sagte, wenn ich ihn ablöse, geht er den Hodscha holen. Jetzt warte ich auf ihn.»

«Das war der Nasreddin, den du suchst», sagt die Gruppe aus Akşehir.

WENN DIE MILCH ÜBERLÄUFT

Die Frau des Hodscha stellt einen Topf Milch zum Kochen auf den Herd. «Ich geh in den Garten und hänge die Wäsche auf», sagt sie zum Hodscha. «Ich habe Milch auf den Herd gestellt. Schau, wenn sie überläuft.»

Der Hodscha stellt sich an den Herd und wartet. Als die Milch kocht, steigt sie hoch und läuft über.

In dem Moment kommt die Frau des Hodscha herein. Sie sieht, dass die Milch übergelaufen ist, und sagt: «Hodscha, was schaust du denn? Siehst du denn nicht, dass die Milch übergelaufen ist?»

«Frau, hast du nicht gesagt, dass ich schauen soll, wenn sie überläuft?»

ICH WEISS NICHT, WIE SIE HEISST

Der Hodscha begibt sich nach Konya, um sein neugeborenes Kind eintragen zu lassen. Der Beamte im Einwohnermeldeamt fragt den Hodscha nach dem Namen seiner Frau.

«Ich habe sie nicht gefragt, ich weiß es nicht», antwortet er.

«Was redest du denn da, Hodscha?», sagt der Beamte. «Wie kann man den Namen seiner Frau nicht kennen?»

«Herr Beamter», erwidert der Hodscha. «Meine Frau redet wie ein Wasserfall. Bei all ihrem Geschnatter habe ich noch keine Gelegenheit gefunden, sie zu fragen.»

YANLIŞLIK ÇÖMLEKTE

Hoca'nın Konya'da kadıya işi düşer. Ama kadı rüşvetçidir. Rüşvet almadan iş yapmaz. Hoca ise rüşvet vermek istemez.

Düşünür taşınır, aklına bir fikir gelir. Bir çömleğe ağzına kadar toprak doldurur. Çömleğin ağzına bal sıvar. Kadının yanına gider ve çömleği verir.

Kadı çömlekte bal olduğunu düşünür ve Hoca'nın işini hemen halleder.

Hoca çıkıp eve gelir. Hemen arkasından kapı çalar. Kapıyı açar. Kadının kapıcısıdır.

Hoca: «Ne var, ne oldu» diye sorar.

Kapıcı: Kadı efendi senin işinde bir yanlış yapmış. Bu yanlışı düzeltmek için kağıdı geri istiyor» der.

Hoca: «Yanlış kağıtta değil, çömlekte» der.

ETLİ PİLAV

Hoca bir gün yolda arkadaşlarıyla karşılaşır.

«Gelin, bize gidelim. Evde yemek yiyelim» diye davet eder.

Kalabalık arkadaş grubuyla eve gelen Hoca, hanımına: «Bize güzel bir etli pilav pişir» diye seslenir.

Hanımı Hoca'yı kenara çeker: «Evde ne pirinç var ne et ne de yağ» der.

Hoca: «Hanım, sen canını sıkma» der. Mutfaktan gidip boş bir tencere alır ve arkadaşlarının yanına gelir: «Arkadaşlar, kusura bakmayın. Evde pirinç, et ve yağ olsaydı, size etli pilav pişirecektim» der.

DER FEHLER LIEGT IM TOPF

Der Hodscha muss beim Richter in Konya etwas erledigen. Aber der Richter ist korrupt. Ohne Bestechungsgeld geht bei ihm gar nichts. Aber der Hodscha möchte kein Bestechungsgeld bezahlen.

Er überlegt hin und her, und da kommt ihm eine Idee. Er füllt einen Topf randvoll mit Erde. Obendrauf streicht er Honig. Dann geht er zu dem Richter und überreicht ihm den Topf.

Im Glauben, der Topf sei mit Honig gefüllt, erledigt der Richter die Angelegenheit des Hodscha unverzüglich.

Der Hodscha kehrt nach Hause zurück. Wenig später klopft es an seiner Tür. Er öffnet. Vor ihm steht der Gerichtsdiener.

«Was gibt's, was ist los?», fragt der Hodscha.

«Der Richter hat in deiner Angelegenheit einen Fehler gemacht. Um ihn zu korrigieren, möchte er das Dokument zurückhaben», sagt der Gerichtsdiener.

Der Hodscha: «Der Fehler liegt im Topf, nicht im Dokument».

REISFLEISCH

Eines Tages trifft der Hodscha unterwegs ein paar Freunde.

«Kommt mit zu mir nach Hause, wir essen zusammen», lädt er sie ein.

Als der Hodscha mit der ganzen Gruppe das Haus betritt, bittet er seine Frau: «Koch uns leckeres Reisfleisch.»

Doch die Frau nimmt den Hodscha beiseite: «Wir haben weder Reis noch Fleisch noch Öl im Haus.»

«Frau, bekümmere dich nicht», erwidert der Hodscha. Er holt einen leeren Topf aus der Küche und geht damit zu seinen Freunden. «Freunde», sagt er, «entschuldigt bitte. Wenn wir Reis, Fleisch und Öl im Haus hätten, hätten wir euch Reisfleisch gekocht.»

KUYRUKSUZ SIPA

Nasreddin Hoca'yı bir gece uyku tutmaz. Yatakta devamlı bir o yana bir bu yana döner durur.

Rahatsız olan hanımı: «Hoca, niye uyumuyorsun? Neyin var» diye sorar.

Hoca: «Bizim komşunun eşeği kuyruksuz sıpa doğurdu. Nasıl uyuyum» der.

Hanımı: «Ne var bunda? Hem seni niye bu kadar ilgilendiriyor, komşunun eşeği» diye sorar.

Hoca: «Bana ne olur mu, hanım? O sıpa büyüyüp eşek olunca, komşum onunla oduna gidecek. Eşek bir gün yolda devrilirse, beni yardıma çağıracak. Ben o zaman eşeğin neresinden tutacağım diye düşünüyorum» der.

HANIMLA SOHBET

Hoca bir gün hanımına sorar: «Şu bizim komşu kunduracı Mehmet Efendinin adı neydi?»

Karısı: «Ah Hoca, kendin söyledin ya, Mehmet Efendi diye.»

Hoca: «Dilim sürçtü, hanım, ne iş yapar diye soracaktım.»

Hanımı: «Ah Hoca, şimdi sen kendin kunduracı demedin mi?»

Hoca: «Hanım, anla işte, nerde oturuyor diyecektim.»

Hanımı: «Ne oldu bugün sana? Sen kendin komşu dedin ya.»

Hoca: «Seninle de hiç sohbet edilmiyor ha» der.

DAS ESELFOHLEN OHNE SCHWANZ

Eines Nachts findet Nasreddin Hodscha keinen Schlaf. Er wälzt sich im Bett von einer Seite auf die andere.

Seine Frau fühlt sich gestört. «Hodscha, warum schläfst du nicht?», fragt sie. «Was hast du denn?»

«Das Eselfohlen unseres Nachbarn ist ohne Schwanz zur Welt gekommen. Wie kann ich da schlafen?», sagt er.

«Wieso denn nicht», erwidert die Frau. «Was geht dich der Esel des Nachbarn an?»

«Was mich das angeht, Frau?», gibt der Hodscha zurück. «Wenn das Eselchen groß ist, wird der Nachbar mit ihm Holz holen gehen. Und wenn dann eines Tages der Esel umkippt, wird mich der Nachbar zu Hilfe rufen. Ich denke darüber nach, wo ich dann den Esel festhalten kann.»

EIN PLÄUSCHCHEN MIT DER FRAU

Eines Tages fragt der Hodscha seine Frau: «Wie heißt eigentlich unser Nachbar, der Schuster Mehmet Efendi?»

«Ach, Hodscha, du hast doch selbst gesagt, dass er Mehmet Efendi heißt.»

Der Hodscha: «Ich habe mich versprochen, ich wollte wissen, welcher Arbeit er nachgeht.»

Seine Frau: «Ach, Hodscha, hast du nicht gerade selbst gesagt, dass er Schuster ist?»

Der Hodscha: «Frau, versteh doch, ich meinte, wo er wohnt.»

Seine Frau: «Was ist denn heute mit dir los? Du hast doch selbst gesagt, dass er unser Nachbar ist.»

Der Hodscha: «Mit dir kann man wirklich kein Gespräch führen.»

SENİN İÇİN HAVA HOŞ

Hoca karısıyla yatakta yatıyordur. Bu sırada içeride yabancı bir ses duyarlar. Yataktan doğrulup kulak kabartırlar.

Yabancı ses: «Hoca'yla karısı uyuyor. Hoca'yı öldürelim. Karısını da alıp kaçıralım» der.

Bu konuşmaları duyan Hoca yüksek sesle öksürür. İçeridekiler kaçarlar.

Hoca'nın karısı: «Hoca, korkudan öksürdün değil mi» der.

Hoca: «Senin için hava hoş. Karısı kaçırılacak olan sen değilsin ya» der.

DIR KANN ES EGAL SEIN

Der Hodscha und seine Frau liegen im Bett. Da hören sie im Haus eine fremde Stimme. Sie setzen sich im Bett auf und horchen.

«Der Hodscha und seine Frau schlafen», sagt die fremde Stimme. «Töten wir den Hodscha und nehmen seine Frau mit.»

Als der Hodscha das hört, hustet er laut. Die Eindringlinge fliehen.

«Hodscha», sagt die Frau, «du hast aus Angst gehustet, stimmt's?»

Darauf der Hodscha: «Dir kann es ja egal sein. Schließlich bist du nicht derjenige, dessen Frau entführt werden soll.»

YAZISIZ MEKTUP

Hoca bir evin önünden geçer. Evde düğün olduğunu görür. Karnı acıkan Hoca bir fikir düşünür. Bir dükkana girip zarf alır. Gidip düğün evinin kapısını çalar. Düğün sahibi kapıyı açar.

Hoca: «Size bir mektup var» deyip elindeki zarfı uzatır. Düğün sahibi Hoca'yı içeri davet eder. İçerde yemek yeniyordur. Yemeğe buyur edilen Hoca oturup kaşıklamaya başlar.

Bu sırada düğün sahibi gelir: «Efendi, zarfın üstünde de içinde de bir şey yazmıyor» der.

Hoca: «Biraz aceleye geldi» der.

KOKUYU NE YAPACAKSIN

Nasreddin Hoca bir toplumda konuşma yaparken, oradakilerden biri seslice kaçırır. Adam utanır ve yellendirdiğini örtbas etmek için ayağını yere sürerek, sesler çıkarır.

Durumu anlayan Hoca gülümseyerek: «Hadi, sesini örtbas ettin. Kokusunu ne yapacaksın?»

DER BRIEF OHNE INHALT

Der Hodscha geht an einem Haus vorbei und sieht, dass dort Hochzeit gefeiert wird. Ihm knurrt der Magen, und da kommt ihm eine Idee. Er kauft einen Briefumschlag, geht zu dem Hochzeitshaus und klopft an. Der Gastgeber öffnet.

«Ich habe einen Brief für Euch», sagt der Hodscha und reicht ihm den Umschlag. Der Gastgeber bittet ihn herein. Drinnen wird gerade gegessen. Man lädt den Hodscha ein, sich dazuzusetzen, und er lässt es sich schmecken.

Da kommt der Gastgeber und sagt: «Mein Herr, weder auf dem Umschlag noch darin ist irgendetwas geschrieben.»

Darauf der Hodscha: «Es ist alles etwas schnell gegangen.»

WAS IST MIT DEM GESTANK?

Als Nasreddin Hodscha bei einer Versammlung eine Rede hält, entfährt einem der Zuhörer ein lauter Furz. Der Mann schämt sich, und um das Geräusch zu vertuschen, schleift er mit dem Fuß über den Boden, dass es knarzt.

Der Hodscha versteht und meint lächelnd: «Na, das Geräusch hast du ja vertuscht, aber was ist mit dem Gestank?»

Celal Özcan, geboren und aufgewachsen in der Türkei, hat in München Zeitungswissenschaft und Politologie studiert. Er lebt als Journalist in Berlin.

Rita Seuß übersetzt aus dem Italienischen, Englischen und Türkischen und lebt gleichfalls in Berlin.

Ina Seeberg studierte an der Kunstakademie Nürnberg und an der Folkwangschule Essen Freie Grafik und Illustration und lebt und arbeitet als Malerin und Autorin in Essen. Sie war Gastdozentin in Salzburg, Trier und an der Anadolu-Universität (Türkei) und ist Gründungsmitglied der Internationalen Akademie Marmaris.
Bücher u.a. ‹Fatma Gül und ihre Kinder. Gesichter und Gespräche›. Ebenhausen bei München 1988.